可以·生长点系列

尖叫的河

北乔 著

Bei Qiao

The Screaming River

浙江文艺出版社

目 录

泡在阳光里的芦苇 / 001

打把杀人的刀 / 027

大宅院外的蝴蝶 / 039

打架 / 057

和鳗鱼有关或无关的故事 / 070

金色裸女 / 097

尖叫的河 / 121

香米 / 142

香稻 / 163

挑河 / 185

桥头有条狗 / 199

跋　共时空的旅程 / 215

附录　刊发索引 / 221

泡在阳光里的芦苇

1

我跟在母亲屁股后头上村顶西头的梅丫家,从我家到梅丫家是一条灰白的路,右边是绿里发黄的麦子,左边是灰绿色的芦苇,好闻的河风把芦苇和麦子都吹得不停地点头哈腰,芦苇丛中有鸟儿在歌唱,是一种像麻雀又比麻雀个头小的鸟,我们叫它芦柴儿。我捡起一块干硬的土块扔过去,一根芦苇被砸断垂下头,芦柴鸟儿又飞到另外的芦苇上去了。我快活得要死,远比后来我第一天去上学还高兴。

来的人真多,屋里、屋外的晒场到处是人。大人们三三两两地说笑,小孩儿屋前屋后乱窜,就和麦子上了村里晒场的情形一样。有人在哭,但我听不清楚。

梅丫见我来了,一蹦一跳地跑过来,笑盈盈地说:"泥巴,我奶奶死了。"

我说："晓得,菜多吗？"

梅丫脸上有泪痕,但这不影响她那欢快的笑靥,她说："多呢,有肉,块儿可大了,有鱼、鸡蛋,还有,还有……我说不上来,反正你吃不了。"

梅丫穿一身白衣服,头上戴一顶别着一条红布条的白帽子。她跑起来时,那红布条翻飞着动着,说话时又温顺地耷拉着。

我摇着母亲的手哀求道："我没帽子,我还没戴过帽子呢。"这话被身后的爷爷奶奶听到了,爷爷脸上的肌肉抽动了几下,嘴唇翕了翕但没吭气。奶奶侧过脸看了看母亲,那眼光就像秋天的芦苇秆。母亲脸一沉怒瞪着我说："瞎嚼蛆,掌你嘴。"说完,呼地抬起巴掌要掴。

奶奶拉住母亲举到半空的手："你怎和小孩家计较？什么还都不懂呢。"

我趁机挣脱她的手溜进小孩儿堆里。大人们边吃边说笑,我们小孩儿一会儿上桌吃,一会儿要么在桌洞里钻来钻去,要么在外面躲猫猫相互追逐。后来,梅丫被她家大人拉去磕头,我看到梅丫奶奶躺在棺材盖上,双手埋在屁股下。她脸色白白的,像刚出笼的白馒头。她睡得真香啊,这么多人在吵,都弄不醒。

丧席吃了多长时间,我不知道,反正往家去时太阳都落西了。母亲问:"吃饱没?"

我搂着肚皮,说:"到明朝中午不吃都不饿。"

爷爷迈着四方步像只鸭子在灰白的小路上慢悠悠地走着,用鳖骨剔他那黄得跟玉粟①似的牙,咧开的嘴角不住地流金灿灿的口水。奶奶的小脚像踩鼓点,身后落下两排鸡蛋大的窝。

我说:"这丧席该从早到晚连吃三顿,最好从村西头挨排排吃。"

母亲说:"又瞎嚼蛆了。"

我说:"没,菜又多又好。"

我腮帮子沾满了红烧肉的酱色,嘴唇浸泡在肥油里,说到这儿,口水又禁不住流了下来。

母亲说:"说不好我们家也快办丧席了。"

我说:"好啊,什么时候哇?"

母亲没吭声,只是扣紧我的手,把我当成一头羊往家牵。

这时,西面天空已现出和梅丫帽上的红布条一样的颜色。芦苇在晚霞的映照下,浑身上下红通通的,落在水面、河沿上的影子也是淡红的。浸着阳光的芦苇仿佛在燃烧,发出豆荚爆裂

---

① 玉粟:方言,指玉米。

时的噼啪声。整个河面都成了一片火海,我有点担心这样下去会把鱼烧死。我老是在这火红中望见梅丫奶奶那苍白的熟睡了的脸。

2

河围着我们这江苏东台朱家湾画了一道弯向东走了,朱家湾像戴了一顶水帽子,两岸密密长长的芦苇是帽子上的两条装饰带。芦花纷飘时,好像有数不清的蝴蝶围着帽子在跳舞。

河里有无数知名儿和不知名儿的鱼,河泛时,调皮的鱼儿会突然在我放个屁的工夫全部冒出来,水面挤满晃动的眼睛哑巴的嘴。那些鲦子、河虾之类的家伙特别起劲,像我们在村晒场中蹦跳一样在水面上跳跃,有的能飞出好远。这时用篮子捞,篮篮不会落空。人站在河沿,时不时有蹦上岸的鱼虾在脚旁打滚。我不会去捡,也不会用篮子下河捞。

父亲从不下水捉鱼虾,他钓鱼。每次回来,他大部分时间是在河边抽水烟、收放鱼竿中度过的。家里来了客人,快到做饭的时候,他和人家说一声"我出去转一下",提着鱼竿到河边,两锅水烟的工夫回来,饭桌上少不了清汤清水浮着蒜花的清炖鱼。

父亲也常钓鳖,村里就他一个人钓鳖。绣花针穿点线,弄一条鸡心什么的做饵,晚上放到河里早上去收,一根针一只鳖,小的他不要。接下来炖鳖,水开了后,把鳖扔进去,死劲儿摁住釜冠①,只听锅里一刻儿是鳖爬锅的嚓啦嚓啦声,一刻儿是它撞锅的嗵嗵声。

我说:"剁了头再煮,鳖没这么疼。"

父亲说:"那不好吃。"

起锅时什么也不放,汤白白的稠稠的,有点儿像我小时候喝的奶。

父亲说:"这样吃补身子。"

父亲又说:"有点麻油最好了。"

我家就父亲吃鳖,村里也只父亲一个人吃鳖。大家在路上捉到鳖全往我家送。父亲在村里头是个人物,多少和他敢吃、喜欢吃鳖有点关系。吃完了,父亲把鳖骨搭成许多老虎、猴子、飞机什么的,样样都像活的。挂在屋梁上,风一吹,相互碰到一块儿的声音好听着呢。

后来有一天夜里,我从睡梦中醒来时,看到黑咕隆咚的屋顶游荡着无数的鬼怪,发出了母亲说成是叫魂的喊声。父亲只得把这些玩意全送人了。但以后的好多天,我还是常做些让我

---

① 釜冠:方言,指锅盖。

怕得要死的梦。

没下雨的前半月，天热得要死。大人们忙着从河里挑水往田里倒，地头田间流动着古铜色的皮肤、大花的裤头。地和我口干时一样，怎么喝都不解渴。我头顶着篮子在知了狂躁蛮横的叫声的海洋里游向细鸭家。

半路上，和我一样光溜溜的细鸭老远就喊我："泥巴，泥巴，快没水了。"

小河西边的芦苇都爬上了岸，干巴巴的身子和地里的庄稼一样弯着腰，芦叶被太阳烤成一卷一卷的，时不时还有芦秆裂开的噼啪声，跟炒豆似的。它们在和阳光吵架，在向河水告状。小河，犹如奶奶干瘪的乳房。甜滋滋的乳汁，几乎被狗日的太阳吸干了。

我们跳进一段断开的洼塘，一人手里抄一把芦苇在水里来回跑来回搅，黑黝黝的淤泥渐渐泛上来，河水很快变成了墨汁，而我们都成了蘸满墨汁的毛笔头。当我们快累得不行时，鱼开始接二连三地浮出水面露出可爱的肚皮。我们一手拎着篮子一手拣大的拾，比我们在地里拾麦子还容易呢。

我扛着大半篮子鱼回家去，母亲还没收工回来烧中饭。我想这么多鱼吃不了，也没什么吃头儿，不如送点给外婆，说不定过年时会多给我压岁钱。

外婆家离我家隔一个村,我要走近一小时,母亲却常说:"不远,大嗓子喊一声,你外婆听不到,你舅舅肯定听得进。"我洗了十多条最大的鲫鱼装在淘箩里,向外婆家颠去。到了外婆家门口的晒场上,我喊外婆,喊了好几声,才听到从屋里传来外婆断断续续的像蚊子叫的声音:"谁、谁呀?"

我说:"我啊,泥巴。"

外婆说:"噢,泥巴呀,送东西来了。"

我说:"是鱼,大鲫鱼。"

外婆说:"噢,是大西瓜啊,进屋吧。"

我推开明间大门,一股潮潮的冷冷的气味向我涌来。一口架在长板凳上的棺材横在我眼前,像一个张牙舞爪的怪兽。我腿脖子一下子抽筋了,可我还跑得动,我跑得飞快,和躺在草窝里睡觉被我们发现了的兔子一样。我一直跑到晒场看不见棺材的地方。

棺材,爷爷奶奶也有,专门用一间房存着,我从来不敢一个人进去。那年,爷爷过六十大寿,叫了两个木匠说是做寿材。那几天爷爷把木匠盯得紧紧的,木匠每刨一根木头都要到爷爷笑着点点头才算好了。有几次,爷爷着急了:"这木头上还有这么多倒刺呢,不行不行!"

爷爷说:"不要太大,现在只要我能躺得下去就成,人越老,个头就越缩得多嘛。"

寿材做好了,爷爷先是用手在棺材内外捋了个遍,指着几处让木匠刨了又刨。爷爷又细细审视了一番,满意地点了点头,这才笑眯眯地在里头睡了睡,出来时笑嘻嘻的。

我问:"爷爷,你弄棺材做甚呢?"

爷爷说:"爷爷老了,就睡里头了。"

我问:"什么叫老了?你现在不是老了吗?人家都喊你老队长嘛,奶奶也叫你老头子嘛!"

爷爷说:"人老了,就不吃不动不说话了。"

我问:"那是不是和睡着了一样?"

爷爷说:"是大睡。"

后来,每年爷爷在晒场上给它上漆,我都躲得远远的。白花花的太阳下,爷爷跨进棺材躺下,传出叮叮咚咚的声响。

再出来时,他扶在棺材那厚厚的边上不无惋惜地说:

"还是空出了一截,早晓得这样,省块料打个桶也好。唉,作孽哩!"

我呆呆地站在晒场上。

外婆说:"泥巴,进来呀,让我看看。"

我的声音似打不出鸣的公鸡:"不、不啦,我、我把鱼挂在外头,我、我走了。"

没等外婆再说话,我将淘篓往枇杷树上一挂,撒腿朝家奔。到家后,我惊魂未定:"妈,吓死我了,外婆的棺材摆在明间里。"

第二天,母亲上外婆家去了,半路上我像泥鳅一样滑脱母亲的手跑了。母亲没有怪我,只是叹了口气。她眼里阴沉悒郁,如同雨天的河塘一样了无生气。母亲在我家河对岸那条灰白的小路上晃动着。路上落满大大小小的牛脚塘①,还有野鸡野鸭家狗野狗模糊的爪迹。路南是一片列祖列宗的坟场,坟墓高高,上面的树草有疏有密,有的是癞子头,有的是大光头,坟的形状却是一样的,坟上都安了一个像倒扣的海碗的土块。听爷爷说,这些墓是从各家原先的祖坟迁过来的。爷爷说:"迁时,有的墓里是几块烂了的棺材板、几根骨头,有的什么都没得。"

母亲走在阴冷的坟场和鲜灵的河水芦苇中间坑坑洼洼的小路上。早晨爽朗快活的阳光和鸟儿一道在芦苇丛中嬉戏、捉迷藏,生命般祥和的芦苇像是走过魔鬼的隧道,露出瘆人的模样,在母亲身边摇摇晃晃。

人的一生,是不是总走这样一条路?

我想起了大人们常说的一句话:"牛脚塘里溺死人。"

---

① 牛脚塘:方言,似牛蹄在地上留下的小坑般大小的水洼。

3

母亲从外婆家来没几天后的一个早上,舅舅来了又走了后,母亲说:"这回上外婆家,你再跑,以后别进家。"不进家,白天有人玩,我才高兴呢。可天一黑,大伙儿都跟麻雀进窝一样回家去了,我怎么办?乌漆麻黑的,我怕得要死,还有鬼专逮小孩吃。我没胆冒这个险,只好跟母亲上外婆家去。路上母亲对我说:"到了外婆那儿,可不许皮,不能笑,我一拉你,你就要跪下来哭。"

我说:"你又不打我,我才不会哭呢!"

母亲说:"你外婆老了,你就得哭,听话的孩子都得哭。"

一路上,母亲不停地说,说得我耳朵都生出了茧子。

离外婆家还远,我就听到好多人在哭。那哭声悠悠扬扬,高音拉得很长,像在唱大戏。这种哭法真有趣。我们那一带的女人,无论出于什么缘由哭起来都是这味儿,边哭边说,韵味十足。那拉腔太精彩了,有时一个音能拉上分把钟,手舞足蹈,呼天抢地,一把鼻涕一把眼泪,但字正腔圆,有板有眼,比我看的京剧有意思多了。

刚到外婆家晒场,母亲甩开我一溜小跑跪到人群中发出她那嘹亮的哭喊:"我的妈唉——你怎么就走了——妈呀——"母亲坐在地上,一手拍着大腿,不一会就一把鼻涕一把眼泪。我很奇怪,一路上母亲都没有哭,怎么到这儿说哭就哭。我们小孩家也不这样啊。我怯生生地越过跪着的大人们仰俯不停像鸡啄米似的头,只见外婆睡在反放着的棺材盖上,盖着大红的被子。

大概是母亲哭累了,想到了我,她起身拉着我,说:"过去,跪下!"

我似一头不愿下地的牛被母亲拖到了棺材跟前跪下,眼前只有棺材盖的头和架着它的两条大板凳。

母亲一摁我的头,说:"路上说的话呢?你长没长耳朵?磕头,哭!"

我头磕得比鸡啄米还快,用的力也很大,只是当额头快接近地面,就陡然收力轻轻贴上去,有时干脆下到一半就上抬了。我怕疼,我可不能自己让自己头疼,更不能磕破头皮流出血来。

母亲说:"哭啊。"

我说:"我没眼泪。"

母亲手跟钳子似的夹我鲜嫩的屁股,那种疼痛和村赤脚医生用大号针头戳我屁股时差不多。赤脚医生是当兵时学的医,据说医死了一个人才回村的。

母亲说:"外婆都老了,你还不哭?"

我说:"外婆睡在棺材上做甚呢?"

母亲说:"外婆白疼你了,压岁钱都扔到河里去了。"

我说:"过年,外婆还会把①我压岁钱。"

母亲压着嗓门说:"屁,人都老了,谁把你?"

我仰起因疼而有些变形的小脸,问:"那我的压岁钱呢?"

母亲说:"做你个大头梦,没了,什么都没了。"

外婆死了,不说话了不能动了也不会再把我压岁钱了,我想起来到外婆跟前把她喊活,让她答应再把我压岁钱。我那十几条大鲫鱼不能白送啊。可我不敢上去。想到压岁钱,想到大鲫鱼,我伤心了,号啕大哭起来,越哭声音越响,泪水哗哗地流,流过鼻子流进嘴里,咸咸的。到后来,母亲让我不要再哭时,我已不晓得我为什么要哭。

我拼命地哭,直到看见油光光香喷喷的红烧肉上桌,我才破涕为笑,顾不得揩掉脸上的眼泪就往上爬。在我吞进一块顶大的红烧肉时,我又想起了压岁钱,没了,那就吃肉吧,多吃,一定要吃够本。

舅舅对从镇上赶来的父亲说:"这么多孩儿,就数泥巴最懂事。"

---

① 把:方言中同动词"给"。

我问:"人为什么要死呢?"

舅舅说:"竹笋外头的皮不掉,里头的笋叶就长不出来。人,也一样啊。"

我没听懂舅舅说的什么笋啊人的,一道韭菜炒鸡蛋上来,我的口水流得比眼泪还快还多。

4

我最高兴的是有了一顶白花花的帽子,和梅丫的一样,只是别在上面的是黑布条。这没什么要紧的。到家后,我把帽子藏在纸盒里,那里头有我的玻璃球、弹弓。我这弹弓是上好的桑树丫做的,硬度特别强,拉皮是阿那在镇上当医生的大大送的,是输液用的那种皮管,怎么拉都吃得住。子弹经我力不大的手射出去,拉皮抖动的噼啪声、果子飞行的嗖嗖声让我既兴奋又有点儿紧张。弹弓是我随身携带的武器。我喜欢拉紧拉皮再放出去的动作。目标常常是河水和恣意游弋的鱼,直到打野鸡之前,我从未真正打到过动物。

我手枕着头跷起二郎腿,躺在踏倒的芦苇上,天空像块纯蓝纯蓝的玻璃。我告诉细鸭他们我有帽子啦。我等他们问我帽子是什么样的,可一阵扑棱棱的声音窜过来,使我们像士兵一样跳起来。

声音是从不远处灰绿色的芦苇丛中传来的,我们悄悄地猫着身子边走边观察。一只野鸡在芦苇间觅食,灰黄的毛映上了芦苇的影子,泛着微微的波儿。

一粒果子穿进野鸡的肚皮,稠黏的血染红了那灰黄的羽毛,一串串血珠滴落在芦叶上。野鸡歪歪扭扭像个醉汉爬起来,又摔在地,两腿不住地抽搐。我见它没死,抓起碎砖块想砸,但砖块被我举得高高的终究没能落下。我改变了主意,用蔓藤把它拴在裸露的树根上。

我们围坐着,像大人开会一样讨论如何处置这战利品。其实根本无须讨论,我们揩口水的动作早已说出了心中的念头。我们常在河边煮东西吃,每人按分工从家偷来瓷碗、油盐、洋火等,然后偷村里的蚕豆、玉粟棒,下河摸鱼虾,再不就到鸡肚下掏几只热乎乎的蛋。在河岸挖个四方的洞,上头放碗,底下塞些芦秆芦叶烧。味道说不上是好是坏,反正我们高兴。

我们让梅丫留下看野鸡,她哇的一声哭了。

她说:"母亲刚买了洋火,我回家去拿。"

我们回来时,野鸡已经死了,凝成块块紫黑色的血巴在灰黄色的毛上。铁匠端着小铁锅下河舀水,狗窝、细鸭忙着掏洞。

野鸡,我们最终没吃成,没人敢下手。这里头,我胆最大,我不敢弄,谁还敢?大家都停下来,一声不吭地望着躺在芦叶上的血迹斑斑的野鸡。

我说:"狗窝,你拎回家去吧。"

狗窝说:"到了家,我连根鸡毛都捞不着,我也不敢拿。"

细鸭说:"埋了吧。"

我们在野鸡身边挖了个坑,用小锹把它推了进去。铁匠说:"料倒里头吧。"

细鸭的盐、我的油、狗窝的蒜连同铁匠锅里的水,以及黑色的土、灰色的芦叶埋葬了野鸡。梅丫本来要把洋火撂下去,我说:"又不真煮,你带回家去吧。"

我们怀着一种说不清是失落是伤感还是其他什么的滋味,对准自家扶摇直上的炊烟无趣地迈着小腿。落日的余晖披在身上,我成了一根透红的胡萝卜。

母亲问:"又偷油了。"

我说:"不曾。"

这我早想到了。每回我从家偷两根洋火或一匙儿油什么的,母亲都晓得。屁股挨几下,一点儿都不影响我下回再偷。这回,母亲发狠了,从厨房拿来明晃晃的菜刀,把我的手往床沿一摁,厉声地问:"偷没偷?"

我像刘胡兰一样坚贞不屈地说:"没。"

母亲抡着明晃晃的菜刀在我手腕处比画着说:"再说谎,把你鸡爪剁了喂狗。"

我投降了,如实招了,可母亲不饶我,问:"哪个手?"

我说:"右手。"

母亲问:"哪个手指?"

我说:"全用上了。"

母亲说:"那就全都剁了。"

我说:"你说话不算数要吃屁。"

母亲说:"不剁,你记不得。"

母亲扬起明晃晃的菜刀,真剁了。我吓得眼一闭大哭起来,泪水哗地流了下来。

过了好久,还不疼,我睁开一只眼一看,母亲已走了。

夜里,我梦见,母亲真把我的五个手指剁下来了,血流了好多好多,野鸡在一边咧着小嘴笑。

5

大雨一连下了两天两夜,爷爷到茅坑拉了泡屎,提着肥大的裤子对着雨后鲜鲜的太阳说:"天老爷这回折大本喽。"

下过雨的村子像刚洗了澡一样干净明亮,原先罩着芦苇的晨雾被太阳赶跑了,轻风送来青芦苇上水汽渐渐收干的味道,这中间还弥漫着泥土、棉花、芦苇、蚯蚓、蜈蚣这些拌在一块儿的味道。大人们跟过年似的高兴,只是在新出的太阳下好像还没睡足,有点像我早上刚醒来的样子。我如同出笼的鸟儿,向我们常去的地方跑去,脚下响着欢快的、湿湿的声音,身后的小脚丫印一直追着我不放。

割了一会儿草,我们又做八路军打鬼子的游戏。一番激烈的战斗之后,我们个个累得跟毒毒的太阳下的狗似的。热热的河沿上,我们四仰八叉地躺着,一人嘴里叼根芦叶。

我说:"天热死了,细鸭,上你家去耍刻儿。"

细鸭说:"不行哪,我爸妈要在家会把我揍死。"

铁匠说:"小气鬼。"

我说:"就一刻儿,没的事。"

狗窝说:"不让去拉倒。"

我坐起来看看河对岸细鸭家,说:"要不,你先回家去看看,没人,我们就去。"

我见细鸭有些为难,又说:"不让我们去,以后别找我们耍子。"

细鸭说:"那要绕很远的路呢。"

我开芦苇一看,通往细鸭家的河里的土坎已被水淹下不少,用脚试试,刚好没到膝盖,我说:"没事,过得去。"

细鸭说:"我怕。"

我说:"亏你长了个雀儿,不让我们去,说一声。"

铁匠、狗窝、梅丫都向他投去蔑视的目光,细鸭可怜巴巴地垂着头,一会儿后挎起篮子排开芦苇颤颤悠悠地踩上水中的土坎。芦苇合上了,细鸭不见了,我们在一棵树下看蚂蚁搬家。一长溜的蚂蚁都回家了,细鸭还没从家来,我们喊了好几声,他也不睬。我说:"太坏了,怕我们上他家去,躲起来了。"

我们骂骂咧咧地回家去了,路上不停地把土当成细鸭死踩。到了吃夜饭时,细鸭妈在门外叫我,我还在生气。细鸭妈问:"见细鸭没?"

我像大人找母亲告我状一样把下午的事说给她听,可还没等我讲完,她就风风火火地走了。我冲她的背影说:"一家都是小气鬼。"细鸭是他爸爸和另外两个大人捞了一宿才捞着的,刚出水时像条黑鱼。全村的人天亮后都拥向了细鸭家。躺在门板上的细鸭没穿衣裳,肚皮鼓鼓的油光光的,他睡得真死,我几次想上去叫他,可都被细鸭父亲的目光挡了回来。细鸭妈哭得死去活来,母亲劝她说:"别伤着身子,你肚里还有孩儿呢。"我想,哭那么凶做甚呢,肚里不是有小细鸭吗?外婆死了,我哭是因为没人再给我生个外婆了。没了外婆,就没得一块压岁钱。噢,她哭,一定是暂时没人替她做活了,也没人打了。小细鸭要好多天,才能长大嘛。

铁匠说:"不会水,还躲到水里头。"

狗窝说:"肯定是滑下去的。"

我说:"你望见了?"

梅丫说:"他还欠我半块糖呢。"

我说:"本来下回该他偷油了,这下子又轮我,又得挨打,你们不知道我妈打起来多疼。"

6

这一年的夏天,先是狠狠地旱了一阵子,接着不要命地下雨,就像我被母亲打时有流不完的眼泪一样。难道天也是个和我差不多的孩子?看看,这太阳还没出三天,天又像个破锅似的直往下倒水。与这雨一块儿来的还有让大人小孩都恐惧的消息——地震。这地震会让地裂大口子、塌个大坑,说不定海里的水还会淹过来。这消息如蛇样在村里游来游去,把人们都赶出了屋子,家家在晒场上用茅草或油毛毡子搭起了防震棚。我家的防震棚在村里是最好最宽敞的。父亲从镇里弄来油布,一家人花了一整天的工夫,又是打桩、搭木架子、扯油布,又是搬东西——值点钱的、能用上的都搬出来了,到头来,棚子里没多少地方了。奶奶的棺材单有个小棚子放,爷爷的仍在屋里,他不让动。一个村子,就爷爷没挪窝,只是不睡床了,睡棺材。

爷爷说:"老天要我死,我在哪儿,它都不放过。"

看着父亲、母亲、奶奶挨个儿劝爷爷,我觉得爷爷真了不起。

那天,我特别想听故事,就壮着胆子进了爷爷的屋。一盏洋油灯挂在棺材上头,爷爷躺在棺材里跷着二郎腿在看一本红皮本的书——大人们叫"红宝书"。灯是暗红的,书皮是鲜红的,这样一来,棺材里头也由黄黄的木色变成了浅红色,爷爷的脸像口烧红的锅,他左手捏着的书角湿乎乎的。爷爷嘴里念念有词,声音从棺材里传出来,就像好多蚊子在屋里飞。

这老天真是发大脾气了,天天刮风下雨,没个停的时候。白天,我把脸盆摆在外头接水。从天上下来的水很清很清,掉在盆里,先是一个坑,再就是数不清的水滴。河里的水涨得很高,要我想,要是全村的小孩都下河洗澡,这河水就要爬上岸了。水中的芦苇只露出个头,早被雨浇得半死不活的了。到了晚上,风更大雨更大,闪电照亮了天空,我的眼前全是一片白的。那雷声怪怪的,我一听浑身就缩成一团。我好像听到河对过儿的坟场里有许多人在小声地说话,听起来像刀捅进猪里的噗噗声。

我怕,睡不着,不让母亲吹熄洋油灯。母亲说:"这油是拿钱买的,不熄,你想不想吃饭了?"刚开始,母亲是搂着我的,可不一会儿,她就侧到一边去了。奶奶早就打呼噜了,还磨牙,咯吱咯吱的,和老鼠吃东西一个样。我睡不着,我觉得好冷好冷。我想,我也应该像爷爷那样睡在棺材里,把棺材盖盖上,什么也看不见什么也听不到,那些鬼进不来。可是,那是棺材啊,我看都不敢看。再说,爷爷不让我睡。

细鸭死后,大人们再也不许我们小孩子下水,我们也不敢下水。母亲要打我时,我只好往屋里头跑。我当然知道只有跳进河里才不会被她抓住,但水鬼比母亲可怕多了。每挨一回打,我就冲着河水吐唾沫尿尿骂细鸭。没有了细鸭,我失去了一位在枪林弹雨中并肩作战的战友。在玩打仗游戏时,我和他当八路军,铁匠、狗窝一个扮鬼子一个演汉奸。

到了冬天,第一场雪像盐撒在房瓦大地上时,细鸭父亲背着一大篮子红蛋,脸笑得和红蛋一样挨家送喜。捧着俩红蛋,我说:"小细鸭出来了。"

细鸭父亲说:"叫网子,不叫小细鸭。"

我一想,叫小细鸭也没用,他太小,和我们尿不到一块儿。

回家后,我对母亲说:"他就是小细鸭!干吗叫网子。"

母亲说:"照规矩该叫网子,这样才不会像细鸭那样。"

四年后,爷爷躺在干草上注视着他日夜监制、每年亲手上油的棺材,说:"怎么有一块没上足油?"跪在爷爷身边的我,扭过脖子沿着爷爷干瘦的目光寻找了许久,才看到了那一块米粒大的褐色斑点。那天,我跪在爷爷身边两个多小时。午后的阳光,洒在我的后背上,爷爷无力地躺在我的阴影里。爷爷有四个孙子一个外孙女,可他只让我跪着。他不停地和我说话,那折在我肉嘟嘟小手上的露出芦苇般青筋的大手,不停地颤抖,像晚风里的芦叶。爷爷真是累了。

我问:"你怕死吗?"

爷爷的目光一激灵,他一定没想到他十岁的孙子会问这个问题,而且是这时候。他用似乎已没有情感的目光抚揉着我,眼里湿了,只是没有湿到泪足以流出眼眶。他说:"你呀你——"

后来我才知道,这是爷爷在世时说的最后一句话。说完这句话,爷爷微闭上眼睛,面色渐渐红润起来,现出了跟躺在摇篮里的婴儿一般的神色。

第二天凌晨,爷爷死了。

父亲和大大把爷爷从草席上抱起来,让他坐在太师椅上,一根红线缠在爷爷的手指上,另一头在火盆里。火盆里烧着黄黄的纸。我晓得,这是给爷爷的钱。所有人都不大声说话,做什么事都轻手轻脚的,好像生怕把爷爷吵醒了。爷爷坐在那儿,就跟冬天他坐在太阳下打瞌睡一样。

大人们说："老队长走了。"

我说："是死了。"

母亲说："走了，就是死了。"

我挠挠头想不通，死就是死了呗，怎么一会儿是老了，一会儿是走了，一会儿又是睡了呢？

7

那天我从城里来到阔别了十年的乡下。

在村头，我遇见了铁匠伯。认了许久确信了，我问："你认得铁匠吗？"

他怔了一下，脸上似乎年轻了许多，说："噢，那是我家国成的小名儿，你是哪个？"

我说："我是泥巴。"

他摇摇头，说："不记得了。"

我说："我是家群的二小。"

他说："家群家二小？都这样大了。"

我说："你记得细鸭吗？"

他说："那孩儿死得真惨！"

我本来还想问铁匠现在做什么了,但话终究没出口。我撇下他,径自向坟场走去,背后传来他的声音:

"国成的小名现在没人叫喽!"

他的声音和他的脸一样布满坎坎沟沟的皱纹,像风箱一样嘶嘶啦啦的喘息声在麦地里飘飘荡荡,融入青青的麦香之中。他的手在我眼前晃动,引起我阵阵寒噤。那双手似剔尽肉、贴了一层灰褐色的树皮,全没了当年的壮肉青筋。他的生命也已如同这手了。

我曾经多么崇拜他。

铁匠铺里铁花四处飞溅,叮叮当当的打铁声和叮叮当当的欢声笑语四处飞溅。紫红色的脸膛,紫红色的双臂,紫红色的后背,到处爬满蚯蚓样的汗水,一块块肌肉如同小老鼠在蹿跳。我坐在小板凳上,看他手中的铁锤欢快地起落,听他讲故事。他从炉膛里夹出一块红通通的铁,故事就开始了,抡起的铁锤应和着故事情节的急缓时快时慢,声音忽高忽低。当一把镰刀或锄头刺地放入水中竖起粗粗的雾烟,故事刚好收尾。

在我眼里,他是个最出色的说书人。

细鸭的坟还在,坐在坟堆里跟只细鸭一样。坟前没碑,但我不会认错的。长满草的坟像晒场上的草垛,不过不是枯黄色,而是青绿青绿的。人啊,来自黄土,又化作沃土滋养着绿树青草。浩浩荡荡的天风中,拥挤着数不清的灵魂。坟场,是我童年时代的禁地,即便是光天化日之下看一眼也心惊肉跳。在细鸭拥有了那一身我可望而不即的涤纶新衣裳后的第三天,他父亲一连在坟场睡了七个晚上。他燃起的烟火和鬼火一道在坟场草丛的空中忽现忽隐,人气,鬼气和那幽幽怨怨、时低时高、断断续续的声音越过芦苇,越过河流刺进我的耳里。我壮胆拉开门缝试图望一望月下的坟场。眼前的芦苇挡住了我视线。芦苇被朗朗月光的水汽像泡菜那样泡着,其间有鸟儿虫儿的呢喃细语应和着缓缓的水流声。在月光中沐浴的芦苇,浑身毛茸茸的,芦叶像没长肉的手左抓一把右抓一把,把月光撕成了无数奇形怪状的碎片。白天婀娜多姿光彩照人的少女,变成面目丑陋、眼中溢着绿光的魔鬼。我一阵眩晕,一股浊气从胸中涌至喉口。

我带了酒,但拿出后改变了主意,没有打开更没有洒在坟前。细鸭还是个六岁的孩子,不能喝酒,哪像我又吃烟又吃酒。

河,已不是当年的河了,现在像个老妇人。河岸的芦苇稀稀的似癞子的头发,比盐碱地上的茅草还瘦削,年轻的岁数大的都是一副苍老衰竭的形容。

我不知道,伴我童年的芦苇还在不在其中。

河水腥臭,褐色的水草间漂浮着胀得像气球的死猪死狗死鱼死鸡死鸭,有几个头骨散落其中,我分不清是人的还是动物的。它们和芦苇一样半死不活的。村民们早已不用河水淘米洗菜做饭汰衣裳①了,取而代之的是自来水。

我站在河边,河水不能像小时候那样照见我的脸了。

---

① 汰衣裳:方言,汰与洗同义。

打把杀人的刀

当朱家湾没有猪的惨叫和打铁声时,多半是庆根和庆良坐到了一块儿。庆根是个杀猪匠,手艺不赖。他和庆良不一样,从长相到穿着,一瞧就是个杀猪的。那件皮裙,杀不杀猪都穿在身上。没事的时候,他爱到庆良家坐坐。当他从村西头往村东头的庆良家去时,不知积聚了多少年的血腥味就一路上散开。从第一次杀猪开始,他用的刀就都出自庆良之手。头回换刀,他去庆良家时,庆良已经为他备好了。庆良说:"知道你要来了,昨天出炉的。"庆根不信,第二次换刀时,特意早去了几天,庆良说:"别寻我开心,你得再杀回猪才换呢。"后来,庆根每次要换刀,庆良一准儿给他备好了。庆根问过庆良怎么算得这么准的,庆良说:"你把猪琢磨透了,还不兴我把我的刀琢磨透了。"一听这话,庆根就不再说什么了。

杀了二十几年猪,庆根对庆良打的刀没怀疑过,用起来更是得心应手。

这一天,庆根来到庆良家,一脸的不高兴:"庆良啊,你这把刀不中用啊!今儿个,我一刀下去,愣是没捅到点子上,我可是丢了大脸。"他把手里的刀扬得老高。这刀是昨天才从庆良这儿换走的。

庆良微微一笑:"不是我刀出了毛病了,是你老了,手上没劲儿了。"

庆根不服气:"我老了?我才五十,只比你大五岁,你抡锤子还呼呼的,我怎么就不行了呢,你别替你开脱了。"

庆良吸了口烟:"你啊你,天天晚上和女人缠,被掏空了。"

庆根肯在女人身上花力气,是出了名的。他自己都说,这晚上要是不折腾回女人,睡不着。家里的女人受不住,他就村里村外地寻觅。好多时候,他替人家杀猪不取报酬,只要这家女人让他睡上一回。白天他把人家的猪毛褪得光光的,到了夜里头这家的女人指不定也被他剥得光光的。

"噢,不是刀的事啊,"庆根看了看手里的刀,"我说呢,刚才捆猪时那么费劲儿。唉,这人哪,要说老,好像也就是一夜的工夫。"

还没怎么觉着,这几十年就下来了。庆根使起刀来不怎么得劲儿了,庆良这才觉得日子过得好快。庆良本来觉得这些年来一天又一天,没多大变化,可人就在这看似没变化中,老了。

庆良坐在院子里,眯缝眼吸水烟。在村子里,现在就他一个人还整天抱着水烟枪不放,其他的无论老少都抽上香烟了。庆良的水烟枪和打铁的手艺,都是祖上传下来的。院子里一面墙上挂着锄头,一面墙上排满了铁锹和别的农具。庆良身后的屋檐下是一溜的刀,有菜刀、砍刀、镰刀、杀猪刀等等。院子中央,也就是庆良的身边,是打铁的一套家伙,风箱幽黄黄的,火炉暗黑黑的,铁砧亮灿灿的,那把立放在铁砧上的小锤,小巧得像个调皮的孩子。一只大锤倚着铁砧,透着威严。一口大水缸,外面已被锔了好多处,里面的水清澈见底。在东台县三仓乡,庆良是无人能比的铁匠,也是最不像铁匠的铁匠。人们总见不着他打铁,也没法从他身上看到铁匠的模样。他长得比谁都白,身上的衣裳总是干干净净,和城里人差不多。他打铁都是在有月亮的晚上,人们都说从庆良手里出来的铁家伙,全是沾了月光才那么利的。

有人进院子,庆良不起身,只是扬扬手中的水烟枪,算作打招呼,紧接着水烟枪一指墙上的镰刀,这人就取下镰刀付了钱走人。这人订的就是镰刀。如果有人慕名来买刀啊锄什么的,只要道出了名儿,庆良还是用水烟枪点一下,那么来人只能买被点中的铁具,要是想换一个或自己随意挑一个,庆良就不会做这笔生意。不过,庆良基本上不做无主顾的生意,人家来预订了,他才开工。有时他会到镇上转转,看到那些摆着铁具的摊子,也停一停瞧一瞧,可从没动过自己摆摊的心思。再说,他手里的活儿总没少过,很少会闲上三两天的。庆良不想过那种天天都打铁的日子,总是要留些岁月让自己忙些地里的活儿,四处转悠转悠,有静下心吸几口水烟的时光。

老主顾,对庆良信得过,从来不试试铁具的好孬。第一次上门的,心里没底,会仔细地打量到手的铁具,还会试试结实不结实和快不快。这时,庆良就会从头上拔根头发放在铁具的刃口上,轻轻吹口气,发断成两截。从头到尾,他脸上的表情都没变化。不过,凡是当面试过的,他都要多收人家一成的钱。当然,这样的事多半是十来年前的了,现在,几乎没人不信他的手艺。付了钱取走东西走人,大家都落个爽快。墙上少了一件铁具,人家走后,庆良会放下水烟枪,把最边上的一件铁具填到空当处,然后坐下来吸水烟,目光从墙上的件件铁具上滑过一遍后,再洒在院门上。

庆良能应人们的要求,打各式各样的刀。只要人家能说出样子,或者道出点意思来,他就能让一块平常的铁变成一把神奇的刀。好多人都说,庆良生错了年代,要是倒过去百十年,可吃香着哪!

庆良是在爷爷的故事中泡大的。在他的印象中,父亲成天光着背打铁,爷爷一天到晚捋着胡子给他讲一个又一个故事。爷爷的那些故事,都是行侠仗义、劫富济贫的事儿。每个故事里,没有爷爷,可又有爷爷,因为故事里的英雄用的家什都是爷爷打的。那些能劈开牛的大刀、藏在袖口里的小飞镖,使庆良十分地着迷。小小的庆良弄不懂的是,父亲也在打铁,可就没和英雄搭上点关系。父亲打出的东西,只是供村里村外的人干农活、做家务使唤。等庆良长大了,接过父亲手中的铁锤时,他才发现,从他手中出去的铁具比他父亲那时候又少了一半多。这铁匠活儿不中用了,早晚得没了。别想打出一把惊天动地的刀或者别的什么了,不把这门手艺在自己手上带到土里就算是万幸。活了大半辈子,还没打出一把有点说头的刀,庆良有时也自个儿叹气。一声声叹息,又把他带进了爷爷的故事里。

能打花样众多的刀的庆良,家里只有一把刀。这把刀有点像菜刀,有点像杀猪刀,模样、大小和尺寸就在菜刀和杀猪刀之间,仿佛是他的失手之作。他哪会失手?这是他的得意之作。那是他刚离开父亲,自己做铁匠活儿打的第一件铁具。那天,他看着炉火里的铁,想着自己该打样什么东西。爷爷故事里的刀啊镖什么的,既模糊又清晰,父亲抡锤子的动作离他近又远。三袋烟的工夫下来,就有了这把刀。他搞不清自己怎么会打出这样一把四不像的刀,可越看越觉着这刀有意思。

这是一把万能之刀,他家用这把刀做尽了人家使唤各种刀做的活儿。见到过这把刀的人都笑庆良太抠门,自己是铁匠,倒舍不得为家里多打几把刀。庆良不说什么,只是笑笑就过去了。笑过之后,庆良就有些不得劲儿。这么好的一把刀,怎就没人看得上呢?怎就没人从这把刀中看出他庆良这个铁匠的与众不同之处呢?

原先的那把刀差不多要成废铁了,庆良又照原样打了一把。新刀,与原来的分毫不差,就如同一个模子里刻出来的。

刀,挂在墙上,和那些刀混在一块儿,特别地扎眼。庆良望着刀,心里不免凄然,这刀够用上十年八年的,也不知道这辈子还能不能再打上一把派用场。烟在眼前飘啊飘,心中的刀实着呢,墙上的刀倒虚晃晃的。庆良似乎看到这把刀又回到了爷爷的故事里,一个面目不清的壮汉把刀用得出神入化。对啊,这样看似不成样子却处处透着精巧的刀,当是一个看似不是英雄却比英雄还英雄的人拥有才对。那该是个什么样的人呢?庆良相信,如果爷爷还在世,爷爷定会告诉他的。当然,爷爷一定还会夸他的手艺不得了,比爷爷强上好几倍。可惜啊,爷爷不在了,他也到快当爷爷的年龄了。

庆良的耳朵很尖,来人一推门,只要这人来过,他就知道是谁。关着的院门开了,庆良知道来的是生人。进来的是个小伙子,也就二十二三吧。小伙子长得挺周正,可浑身上下总让人觉得不对劲。庆良想了想,没想明白不对劲的原因。

小伙子站在庆良面前,挡住了阳光,坐着的庆良就被塞进了阴影里。

"听说你的手艺一绝?"小伙子看着墙上的那排刀说。

庆良猛吸了一口水烟,水烟枪的咕咕声格外地响:"一绝说不上,能让你满意就是了。"

小伙子的眼睛还盯在那一排刀上:"口气不小哇,那好,帮我打把杀人的刀。"

庆良心里看不起这小伙子了,嘁,小毛孩一个,杀人的刀?只要杀了人的刀,都是杀人的刀;没杀过人的刀,就不是杀人刀。庆良再一想,也不对,那杀猪刀,天生就是杀猪刀啊,没碰过猪,没沾过猪血,成天只是用来切菜破瓜,可还是把杀猪刀。庆良这么一想,就把自己弄糊涂了。

"我的刀,别说杀人,就是宰牛也不含糊,人有牛那么壮实吗?"庆良说话的声音很低,音调悠长长的,就像被太阳晒软了似的。

"我来找你,就是听说在这方圆百里的地方,你是头号铁匠。恐怕是吹得太玄乎了吧?我倒要见识见识。人和牛不一样,杀起来自然也不同。你是铁匠,这个你不懂的。"小伙子的语气硬邦邦的,让庆良听起来心里怪怪的。

庆良问:"那你说说刀的样子和尺寸,我照打吧。"

"你是铁匠,你看着办吧!"小伙子又看了墙上的一溜刀,"应该和杀猪刀差不离吧,三天后我来取,到时给钱你。"

小伙子叫树河,是邻村的。树河高挑个儿,浑身上下只有骨头没有肉,乡村的太阳没把他晒黑,白白净净的,活像个水泥柱。去年,他到城里去打工,汗出了不少,苦吃了一大筐,到头来,非但工钱一分没拿到,还遭了工头手下人一顿痛打。不给血汗钱,还打人,树河气不过,决意和工头也来点狠的。和树河一块儿做活的三十多个民工,只有俩人得到了工钱。那俩人都长得五大三粗,平常大伙儿都说他俩是活脱脱的土匪样。

树河不甘心让血汗钱就这么没了,想带把刀单独去见工头,要是再不给钱,就弄他一刀。树河打小怕血,连人家杀鸡都不敢看。这回要和人家动手,他心里一点底也没有,听说庆良是铁匠中的好把式,他就想,有把好刀,能壮胆,真要发狠了,刀下去也麻利。

打把杀人的刀?庆良心想,真要是杀人,谁还会这么明说。想唬我?小家伙还嫩着呢!不就是想弄把铁好刃利的杀猪刀吗?瞧他那样,给他把杀猪刀,恐怕也没胆使起来。

头一天,庆良还把树河的话放在心里,到了第二天就把话扔在脑后。庆良给树河打了把和庆根用的一样的杀猪刀,没特别地用心。

三天后,树河准时来了。庆良像对待往常人家来取刀一样,指了指墙上的杀猪刀。树河没顺着他的手指看,目光停在那把庆良给自家打的刀上:"我要这把,这把好!"

庆良一笑:"我说小伙子,上回你来时,这刀就挂在这儿了,你怎么没说要这样的刀?"

树河取下了那把有点怪的刀:"上回?人是一天一个心情,一天一个眼光,就这把了,多少钱?"

遇上一个挑三拣四的主顾,庆良心里不乐意。干铁匠这么多年,碰上这样的人还是头一次。挑三拣四,明摆着是对他的手艺看不上。这样的事情,庆良是不愿意的。以庆良以往的脾气,一磕烟锅,竖眉瞪眼请对方走人,以后别进他家门。怪了,今天的庆良居然没怨树河,竟然让树河要了这把刀。庆良一分钱没要。在他看来,树河是第一个看中这把刀,认为是把好刀的人。庆良不懂得什么知己不知己,但树河的眼光应和他的心意,让他好一阵子高兴。在他高兴的时候,树河说什么都可以,要什么,他都给。

这个下午,是庆良一生中最快活的一个下午。

树河揣着庆良那把万能之刀,找到了工头。在一个没人之处,树河的刀在工头面前直晃。工头一点也不打怵:"你小子长能耐了,敢动刀子了,我倒要看看,这刀子在你手里能有什么出息。有种的,你朝我胸膛口戳!"

树河本想吓吓工头,拿到自己该得的那份工钱也就得了,可工头不但不给,还一个劲儿地骂他凶他,好像不吃一刀心里头不舒服似的。到后来,树河牙一咬,刀子就进了工头手指的胸膛口。工头一声怪叫身子一歪,倒下来了,树河看着刀柄和鲜血,脑子嗡的一下,什么也不知道了。

树河醒来时,眼前站着俩公安。

在现场逮了个正着,这案子好办。几句话一问,树河全说了。一个公安对成了凶器的刀生了兴趣,面对这样的怪刀,直觉告诉他,这刀是特制的。

"刀从哪儿来的?"

"一个铁匠给我打的。"

"专门打的?"

"嗯,我说我要打把杀人的刀。"

自己家用的刀被树河要走了,庆良又在当天晚上打了两把,一把用着,一把挂在墙上。每天,庆良都要好好看看这把刀,有时还会想到树河。小伙子眼力好,要是做个铁匠,兴许真不赖。不过,他那秀气样,可吃不了铁匠的苦。

还是那俩公安来到庆良家,进了院子,看到墙上挂着一把和凶器一模一样的刀。

公安进门时,庆良的一锅烟刚好吸透,正在装另一锅烟。公安来他家,还是破天荒的第一次。怎么?他们不用枪,喜上刀了?不会的,都什么年头了,公安犯不着指望刀了,那就是听闻了自己的名声,为家里寻些铁具吧。

庆良在自个儿犯嘀咕,一个公安取下墙上的那把刀在手里掂量:"前一阵子,你是不是替一个人打过这样的一把刀?"

"是啊,"庆良的态度比对一般人要客气,"怎么?你们也想弄两把?"

"那人怎么说的?"

"他说他要打把刀!"

"是这样说的吗?你再想想。"

"就是这样说的呀?"

"老实点,你的事我们全调查清楚了。"

"我的事,什么事啊?"

"老实交代吧,把那天的原话说出来。"

庆良划着火柴要点烟,没说话的那公安一鼓腮帮子吹灭了快到烟锅的火:"还有心思抽烟,老实交代。"

"噢、噢,"庆良不停地点头哈腰,"那天来了个小伙子,说是要打把杀人的刀。"

"你就给他打了?"

"我给他打了把杀猪刀,可他没要,他相中像这样的一把刀。"庆良用眼瞄了瞄公安手中的刀,"那小伙子在哪儿呀,我要见他哪!"

"你知道他杀人,你还帮他打刀?"

"我不知道啊。"

"他不是告诉你了,你还不老实,走,跟我们走吧。"

"我、我……"庆良咽了好几口唾沫,"他杀人?谁信呢?"

"别装了,你和那小子是同谋,至少也是为他提供了凶器,有你受的了。"

公安从裤袋里掏出手铐把庆良铐了个严实,推搡他出院子。

庆良一脚跨出院门时,使劲转身扭头看了看院子当中打铁的家伙什儿。这打铁的行当,还是他爷爷传下来的。陡然间,他发现,这些器具在新鲜的阳光下,是那样苍老。

一路上,庆良心里想的全是他爷爷。

大宅院外的蝴蝶

朱老爷穿着蓝色长袍,坐在白里透黄的藤椅里,手中的水烟枪是纯铜的,在阳光下闪烁着黄灿灿的光芒。他腮帮子一瘪,水烟斗像滚开的水咕噜噜地响,响完了,只见一溜淡蓝色的烟在他面前飘逸起来。朱老爷的神色顿时活泛了,扶了扶头上紫红相间的瓜皮帽,藤椅发出咯吱咯吱的声音。

"这鞋……"朱老爷看着远处一簇粉红色的桃花,手指有节奏地敲着水烟枪。

"老爷,这鞋……"鞋匠腰微微躬着,双手软软地垂下。

朱老爷说:"你这鞋匠……也有年头了吧?"

"不多,不多,才三十多年。"

"老太爷的鞋也是你做吧?"

"是啊是啊,这全仗老爷家的关照。"

朱老爷抬头望望蓝蓝的天,手指还在有节奏地敲着水烟枪:"春天又来了。"

这是盛春的一天下午,朱老爷坐在自家大宅院的后花园里,阳光和暖、鲜花烂漫,笼里两只金丝鸟欢快地鸣啭,不远处,另一笼里的一只鹦鹉傻愣愣地瞧着,眼里充满了不解、忧伤和嫉羡。在江苏东台三仓乡,朱家湾朱老爷家的大宅院是座辉煌的建筑,光是院墙就气派得不得了,一溜的青砖上去四米,檐子是金闪闪油光光亮灿灿的琉璃瓦。最让三仓人啧啧称道的是,大宅院里有口水井。三仓境内有好几条大河,有一条大河就在朱家湾拐了个弯。这里的人家汰衣淘米做饭浇庄稼……所有的用水都靠这条河。朱老爷家不吃河水吃井水,这在朱家湾人看来,是天大的福分。好日子是什么?就是能像朱老爷一样喝井水,朱家湾的老人常对小字辈们这么说。现在,鞋匠就背对着这口井。他每次见到这口井时,总是不由自主地赞叹,啧啧,光是这井上盖的小屋就是村里的一景。水井上是小黄亭子,和院墙一样的青砖琉璃瓦,亭尖上有些不知名的兽,四根柱子铺满了奇花异草飞鸟鱼虫。

"老爷,你说这鞋……"

"噢,这鞋,这鞋犯怪了,怎么总是刚穿时挤脚,过了些日子又不跟脚了呢?"朱老爷左脚在地上磕了磕,青砖传出闷闷的音儿,这让后花园显得更为寂静。

鞋匠用袖子揩了揩额头上渗出的汗珠:"老爷,这鞋就是这样的,先前挤脚,后来不怎么跟脚,只有中间的日子合脚。"

"你就不能做双合脚的?"

"能是能,可这样鞋穿不长。"

"那不打紧,我家还做得起鞋的。"

"那是那是。"

"你看你身上的衣裳,到管家那儿拿些布做套好的。还有啊,你是个鞋匠,得穿好鞋,以后你的鞋算在我头上。"

鞋匠走了后,朱老爷抬起右脚反反复复端详鞋。鞋是圆口的,黑黑的棉布面,白白的帮子,干干净净,就跟新鞋似的,光看,没人知道这鞋已被穿了三四个月了。朱老爷扭动脚腕,鞋像个刚学会走路的孩子一样摇摇晃晃,模样笨拙而可爱。倒是地上的鞋影子灵活多了,轻快地来回移动着。一阵风拂过来,朱老爷禁不住打了个喷嚏,声音脆脆的,那尾音拉得特别长,如同怪鸟的长啸。"该死的!"他双手在眼前奋力划动,为的是扇走那些看得见和看不见的花粉。他讨厌花粉,对花却是喜爱有加。这让他左右为难。

朱老爷的四太太是在前年春天进大宅院的。那天,阳光媚美,春色满园。

这会儿,四太太正坐在后花园温煦的春光下晒太阳,一股暖和劲儿直透脚心。她脱下鞋袜,白白嫩嫩的小脚犹如两只可爱的小白兔。痒哪!她用手搓起脚丫子,动作轻轻柔柔,一种说不清的感觉由脚底一直传到心口。她仿佛又回到了在娘家的那些日子。在娘家多好啊,想干什么就能干什么,而在这儿要做许多自己不愿做的事,说许多不愿说的话。

四太太穿的是紫色的长袖褂子,这是朱老爷最钟爱的颜色。朱老爷老远就看到了花丛后面绿草地上的四太太,她背部柔和、可人的曲线勾起了他的雅兴和某种莫名的冲动。他尽可能轻些地挪动着脚步,悄无声息地走近四太太。他想蒙住她的双眼,然后把她抱倒在地上……他觉得这一套虽有些俗,但与现在的风景和心境吻合。四太太沉入了对快意的遐想中,一种久违了、已经陌生的心情随着手的搓动回来了。就在她如醉如痴时,朱老爷已到了她身后,两手伸前快要抱成一个圆了。朱老爷的双手是在看到那脚丫子和手指时倏地抽回的,动作之快,令他都不敢相信。四太太并没有被惊动,直到朱老爷的咳嗽声响起,她才慌得要死,穿袜子穿鞋子起身垂头:"老爷!"声音像风中的一片叶子,颤抖抖的。朱老爷刚才的兴致早已灰飞烟灭了,"哼"了一声,转身、拂袖,背着手气呼呼地走了。四太太傻站着,脸由红到紫再到白,望着朱老爷的背影直骂自己一时高兴忘了身份,惹得老爷生这么大的气。一只鸟儿从花丛中斜冲出来,飞出了院墙,飞向了蓝蓝的天空。这是一只麻雀。

朱老爷出了后花园直朝大太太的厢房去,他已经很久没有这样步履匆匆了。以往上大太太那儿去,都是迈着不紧不慢的四方步,到了半路上还要停一停,有几次干脆折身不去了。这种情况下,他会不由自主地加快步子走进四太太的厢房。

大太太只比朱老爷小三岁,十六岁就入住了大宅院。她家离朱家湾有五十多里地,和朱老爷家是三仓乡最殷实的两家。出身于大户人家的她,漂亮、端庄、浑身的高贵味儿,放眼整个东台,也只有朱老爷和她门当户对,凑到了一块儿就是真格的天生的一对地造的一双。娶亲那天,朱老爷见谁都笑。新婚之夜,下人被搅和得一夜没睡好,朱老爷的喘气声太大了。朱老爷看到大太太第一眼时,就被迷得神魂颠倒不知东西南北。可半年没到,他的激情开始走下坡路,第二年大太太生了个女孩后,他娶了二太太。只有他知道娶二太太跟大太太生女孩一点关系也没有。这以后,他很少到大太太那儿去了。

尽管大太太很想知道老爷不喜欢自己的原因,可她从不问,也不怨恨。闲来无事,她就做发绣。做姑娘时,她就爱做发绣,那些长长的深浅不一的头发有下人专为她弄好,她只管绣了。发绣,是东台特有的手工艺,与苏州的刺绣差别不是很大,只是丝线换成了头发罢了。从小到大,大太太一直爱绣鸳鸯戏水。这天,朱老爷进门时,大太太正在绣雄鸳鸯的右腿。大太太是坐在门里的阳光下的,眼前一黑,她晓得是老爷来了——满大宅院只有老爷敢挡她的阳光。

第二天朱老爷从大太太那儿出来时,脚下的步子老似打水漂,下人们看得出,老爷软了。朱老爷走出去好远,回头看了看大太太的门,目光软软的,脸色揶揄,摇着头叹了叹气。朱老爷到后花园坐了一会儿,到四太太那儿去了,直到太阳斜西时才出门。

每年春末初夏时分,朱老爷会带着太太们踏青赏花。四个太太早早地起身,梳头、描眉、上粉、抹胭脂、涂口红,衣裳一套套地穿一套套地换,在镜子前照了又照瞧了再瞧,床上是成堆的衣裳,床下是凌乱的鞋。这一天,大宅院后花园里风扬香飘蝶轻舞,花笑人俏鸟戏闹。大太太、二太太和三太太在花中徜徉,抚弄着嫩叶青枝,嗅着花香,眼睛却牢牢地盯在朱老爷身上。朱老爷背起双手在碎砖小路上踱步,淡淡的影子在花草上拖动。前一阵子,朱老爷病了一场,躺了整整五天,四太太一天到晚守着,老爷只要她照料。大太太每天早中晚来看看,问候问候,二、三太太只来过一两趟,她俩私下里说,老爷的病还不是那妖精给掏的。不过,今天,朱老爷一点病样也没有,精神着呢!四太太一人在那儿荡秋千。紫藤绞成的秋千绳上泛着星星点点的绿,黄色的秋千板上站着的是身着一袭红色长裙的四太太。她越荡越高,只见蓝天下一片红色在飘扬,好似一只火红的蝴蝶在展翅飞逸。四太太有一头的长发,原来是扎成两根粗大的辫子甩在身后,进了大宅院,她见只有下人是扎辫子的,就用紫色的绸带束了一下。朱老爷见了说:"辫子是好看,只是你是太太了,这样也不错。"她听出老爷不太高兴:"那我还是扎辫子吧?"朱老爷脸一沉:"不成,你可不是下人,太太得有太太的样子。"这会儿,绸带被她捏在手上,黑而亮的长发就在空中曼舞。她头仰向天,银铃般的笑声洒在花园的每一个角落。大太太眉头皱得紧紧的,二太太、三太太都向她抛去异样的眼神,心里头都在想,想当年,自己刚进大宅院时也这么笑过,唉,有些年不这样了。朱老爷看得心旌摇荡猫抓心,回头望了一眼花丛中的三个太太,个个像花一样美,个个像花一样温柔,个个像花一样妩媚……看一个,就等于三个全看了。四太太和她们不一样,这倒不是说年龄。不是岁数又是什么呢?朱老爷的心不禁一颤,犹如一阵寒风从心头掠过。

四太太在秋千上疯够了,就扑到花簇里抓蝴蝶,说是抓,其实是追。在其他三位太太眼里,四太太好像是个没长大的孩子。可她们嫉羡四太太的举动,因为她们也想在百花中追逐嬉戏,那花花绿绿的蝴蝶也让她们着迷,可她们不敢也不好意思。大太太从小就受到严格的大家闺秀式家教,总认为女孩子家不比男孩,得以静、柔为上。二、三太太虽和四太太一样,是村姑出身,可入了大宅院,从老爷到大太太再到所有的人,都有意无意地向她们灌输太太之道,刚开始还不习惯,现如今早已忘了自己当年村姑的习性了。四太太的到来,让她们看到了自己当年的影子,但她们知道,用不了多久,四太太也会和她们一样的。

四太太跑累了,抬起胳膊用袖子揩汗。揩了一半,想起老爷说的"你是太太,得用手帕擦汗"的话,停住手四下看了看,好在没人留意,她拿出那紫色的手帕笨拙地在脸上抹。

"老爷,你瞧四太太,这样子让下人们看笑话了。"大太太凑在朱老爷跟前,脸都快贴上朱老爷的脸了。

沉浸在欢乐和亢奋中的朱老爷回过神来,是啊,四太太头发乱乱的,红扑扑的脸上有胭脂有汗渍有尘土,还有一片粉红色的花瓣。就在刚才,他还觉得四太太像杯酒,让他人醉心也醉了,被大太太一说,他莫名地烦躁起来,躲开大太太那张脸:"你看你那样,成什么了?一点规矩都没有。"谁都知道这话是冲着四太太说的。大太太脸上挂着不易察觉的笑意,二、三太太的脸就像一张白纸没有一点表情。四太太吓得手一松,好不容易才逮到的一只紫黑相间的蝴蝶溜了,蝴蝶在四太太身边打了个旋,直往院墙外飞,转眼就不见影了。看来这是只从外面闯入的蝴蝶。四太太愣住了,痴痴地盯着朱老爷那保养得极好的脸。不大会儿,她捂着脸往厢房跑。

朱老爷看了看聚到身边的三个太太,目光里充满叹息,片刻后,他甩袖而去。大太太说:"都是这小的闹的。"三太太见朱老爷已出了门,便转身向花丛里眺望,许多蝴蝶在阳光下舞动着翅膀,是那样地自在悠闲甜蜜,她也想去逗逗蝴蝶,可刚迈了两步又回来了,只留给花蝶回眸一笑。三太太不远不近地跟着大太太、二太太离开了后花园。

这时候,正是中午十一点钟的样子,阳光暖和而有丝丝甜味,风裹着花香在后花园里漫步。花草这时才从梦中真正醒来,蜜蜂、蝴蝶与沾着晶亮露珠的花蕊对视,仿佛在窃窃私语,又好像在争论一个有关春天的话题。其实,春天已经走了。这一点,它们应该知道的。

四太太不常到大太太的厢房,一个月至多个把次,在去的路上,她一直盘算该说些什么好,尽管她晓得大太太一定是在做发绣。

进了门,她站在大太太的侧后:"这鸳鸯绣得跟活的一样。"她从未见过活的鸳鸯。

大太太手里不停:"活的?这比活的好,活的会到处乱跑。"

四太太的手在身后绞个不停:"这绸布好贵!"

大太太挑了一针:"你的针线活儿……"

四太太抢过话头:"以前……我妈说我的针线细,现在没衣裳补了,手早生了。"

大太太向四太太乜斜一眼,手抖了一下:"老爷这两天忙什么?"

"忙什么?"四太太想了想说,"没忙什么啊?不过,我也没问,他也没说。"

大太太吐了口气:"噢!"

一只雌鸳鸯绣好了,大太太直起腰:"好了,好了。"

四太太说:"才一只呢?还差一只。"

大太太拿起绸布,软软的绸布轻微地拂动着,好像流动的河水,雌鸳鸯真的活了,在水中游着。大太太说:"是还有一只啊,以后再绣吧。"

四太太不想再待下去了,再下去,大太太又得跟她说法了。什么喝粥时不要吱溜溜的,声音难听死了;什么说话声儿不要太响,走路步子不要太大;什么下人的活儿不要去干;什么不要见到谁都笑,笑的时候不能咧开大嘴……太多,她觉得耳朵已长出了老茧。大太太说得没错,可照她说的做,还不烦死了。四太太和朱老爷说过好多回,每回朱老爷都说:"大太太说得在理啊,你是太太,不是以前的村姑了,你要学着大太太那样做女人。你看,二太太、三太太以前也和你一样,现在不是和大太太差不离了吗?我们家是有身份的,这大宅院可不比你家的那两间破草房。"说完了这些,朱老爷总要盯着四太太发呆。

四太太最喜欢和三太太拉话,不为别的,在三太太面前,她能说些家里的、村里的事。大太太一听她说这些就皱眉头,本来脸上就有了不少皱纹,这样一来就更多了。看到那么多的条条杠杠,再听见大太太鼻孔里高高低低的出气声,她就不敢说了。二太太也一样。对大太太她能理解,人家是大家闺秀,但二太太和自己一样,都是在村里土生土长的,怎么就忘了小时候的事,也不想听小时候的事呢?还是三太太好,虽然不插话,但听得仔仔细细,眼睛直勾勾地盯着她,盯得她脸发烧,不好意思起来。有时候,她让三太太也说说家里的事、村里的事。

三太太摇摇头:"那已不是我的过去了,你啊你……"

三太太也做发绣,绣的也是鸳鸯,这是二太太教的,二太太是大太太教的。现在,三太太开始教四太太了。

四太太不愿学:"怎么你们都爱发绣,还全是绣鸳鸯?"

三太太说:"你也会喜欢上的。"

四太太说:"这东西没什么用场,不就是糟蹋钱!"

"钱?"三太太说,"等你想绣了,绣得有我好了,就不这样想了。"

四太太说:"我才不学呢!"

三太太溢出一脸的苦笑:"没到时候呢!"

天渐渐转凉了,秋天到了。朱老爷在屋里的时间愈来愈多,有时候三五日都不出门。这样的三五日,他基本上是待在四太太的厢房里,喂喂鸟、读些书和四太太说点话,更多的时候,是与四太太下围棋。四太太不会下围棋,以前对下四子棋倒是在行而有兴趣。在地上画个双田字格,找来四块颜色或形状不同的小土块,两个人便能玩起来。大多是在地里忙活时,趁大人不注意,下几下。在她看来,这是最有意思的了。朱老爷却不让她下四子棋,说四子棋是小儿科,是上不了台面的把戏,不像围棋那样博大精深,还可以修身养性。四太太不会下,朱老爷就教她。四太太不敢不学,学会了又觉着成天面对棋盘一动不动难受得很,可她又不敢不和朱老爷对弈。日子久了,她有了耐性,和朱老爷下个一整天也没当回事儿,只是腰有点酸。伸懒腰时,她对以前坐不住、时不时就要到外面走走的习惯开始觉得不可理喻了。在三仓乡一带,朱老爷的棋艺是出了名的,棋友们都恭维他"棋王"。这样一来,四太太当然不是他的对手了。朱老爷下棋时从不说话,一心揣摩棋道,虽是四太太这样的对手,他也不大意,下手前总要左思右想,少说也要算到十来步。算完了自己的,他又帮四太太算,到头来,好像他是在和自己下棋。其实,对他而言,下棋之于他的真正乐趣,不是赢,而是反反复复思考的过程。四太太常常不由自主地说些闲话,话头刚冒出,朱老爷就掐了:"下棋就是下棋,动脑动手,不要动嘴。"四太太没法子,就双手托着下巴,很是乖巧地瞅朱老爷思考的样子。

已是深秋了,可有这么几天,又陡然热了起来,害得人们除去秋装,从箱底翻出夏衣。这天中午饭后,朱老爷热得直冒汗,四太太手里的扇子摇得飞快也不顶事。他在屋里转了好几个圈儿,终于出了门。最凉快的地儿,当数后花园的水井边了。朱老爷躺在竹椅上,薄薄的白色丝绸衫伏在身上,露出了根根肋骨。

四太太见老爷热得够呛,就说:"老爷,你要真热得不行了,就到河里洗个澡呀!"

四太太在娘家时,每年的夏天都要下河洗澡,中午洗,晚上临睡时洗。身子凉了,还能顺便摸些鱼上来。

朱老爷歪过头瞟了四太太一眼:"下河,你什么时候见我下过河,我是老爷。"

四太太又说:"要不然,让下人弄些水冲冲也好。"

朱老爷说:"怕是你热得耐不住了吧?"

四太太说:"不啦!再热,我也不能那样了。"

天再热,也是秋天了,花草凋谢的凋谢,结果的结果,五颜六色的后花园,已被黄色所主宰,隐约间有了些萧瑟和苍凉。蜜蜂不在了,蝴蝶已化为蛹,只有麻雀不知天高地厚地叽叽喳喳,还有些蜻蜓在振翅飞翔。那根紫藤早已枯为暗黄色,像一条死蛇孤零零地垂着。秋千架下是数不清的落叶,一层又一层地叠着,谁也不知道到底有多少层,谁也不会关心到底有多少层。四太太曾经抓蝴蝶的地方,鲜花绿草已不复存在,只留下瘦枝枯茎和淡黄色的泥土。那些名贵的花草在入秋之时,已被花工搬到了花房,接受人工的春意。四周院墙上的根茎横七竖八,昭示着它们曾经的生命活力。朱老爷不愿看这景色,趁着清凉进入了梦乡。四太太本想在花园里走走,逗逗麻雀,抓几只蜻蜓,可她只是深情地看了看它们。秋千板静静在那儿,仿佛在等四太太上去。四太太摸了摸沾满枯叶和尘土的秋千板,抬头望了望枯藤,然后就坐到井边。四太太全神贯注地注视着井水,井水清澈,宁静如镜,水中的四太太像蒙了一层面纱,朦胧中更显娇美。朱老爷翻了个身,躺椅发出的声响在寂静的花园里显得十分地大。四太太回过神,起身来到朱老爷身边,像注视井水一样注视着朱老爷。

这些天,四太太往大太太那儿走得勤了,上二太太那儿也不少,倒是不太去找三太太了。在大太太的厢房里,四太太常碰见二太太。二太太多半是在和大太太一起说发绣的事,再不就是谈些女人穿着打扮的话儿。谁都看得出,二太太几乎是大太太的影子,什么都依着大太太的样子学。四太太刚来时看不惯搞不懂,现在倒留意起大太太和二太太的一举一动,回到自己的厢房,满脑子里全是大太太和二太太的模样,做事说话,都不由自主地想到如果是大太太、二太太会怎样。这样一来,她不太乐意和三太太在一块儿了。有时,三太太会对四太太说:"你快和我差不多了!"四太太嘴里不说,心里在想,和你一样?才不和你一样呢!我要和大太太、二太太一个样。

四太太常在床上问朱老爷最喜欢谁,朱老爷一捏她的鼻子:"当然是你了!"

四太太装着不高兴的样子:"骗人,我看你最喜欢大太太。"

朱老爷说:"你看我几时到她房里去了,要是喜欢她,我还纳你们几个?"

四太太说:"那二太太你喜欢吧?"

朱老爷说:"起先是,后来不了。"

四太太问:"三太太呢?"

朱老爷说:"起先是,现在不了。"

四太太问:"我呢? 是不是也现在是,以后不了。"

朱老爷不说话。

四太太说:"我看你最念的还是大太太,要不然,你为什么常要我好好向她学?"

朱老爷没开口。

四太太的棋艺有了不少长进,更主要的是她对下棋生出了兴趣,许多时候,是她主动要和朱老爷下。朱老爷反倒不怎么和四太太下了,说她的棋艺太差,说大宅院里的女人,还数大太太的棋下得最有水准、最有味儿。朱老爷还说,现在的棋艺,四个太太得从大到小排。他有时也问四太太:"怎么和你下棋就没了以前的味儿呢?"四太太自己都想不明白,自然没法回答了。

朱老爷不管与大太太、二太太还是三太太下棋,大多都会回到四太太厢房,只是偶尔的偶尔才不这样。对朱老爷来说,住哪儿,与时间无干系,只要他不想留,天再晚,太太再劝再求,他都不动心。

这天晚饭后,朱老爷直接到了四太太厢房。四太太连忙坐到了棋盘前:"老爷,下几盘?"

朱老爷眉头一蹙:"死冷的天,下什么下?睡了!"

四太太赶紧洗了洗,就坐在梳妆台前擦胭脂喷香水。这些东西都是朱老爷托人从大城市捎来的。朱老爷早脱得精光钻进了被窝,等着四太太上床。四太太打开衣柜拿睡衣,左挑右挑选中了那件紫红色的。朱老爷等得不耐烦了:"磨蹭什么?不要穿睡衣了!"四太太已换上了:"你说的嘛,不穿睡衣不雅。"以前,她在家都是光身子睡,和朱老爷结婚的那天也是的。后来,朱老爷给她买了不少款式的睡衣,还说:"女人,得穿好的睡。"

朱老爷说:"脱了,脱了!"

四太太只好又脱了才进了朱老爷怀里,像只小兔子一样蜷着。朱老爷像狗一样在她身上嗅来嗅去,末了摸着她光滑滑的皮肤不知道是自言自语还是在问她:"以前的味儿呢?"

四太太挪了挪身子:"这胭脂和香水,可都是你最爱闻的。"

朱老爷说:"还是以前的味儿好闻,怎么就没有了呢?"

四太太转过身子抱紧朱老爷:"你啊,什么这味那味的,什么味儿还不都被你吃了。"

朱老爷侧过身,有气无力地说:"睡吧!"

在屋里憋了一个冬天,朱老爷觉着浑身无力,骨头都发酥快散了。这一年的春天,花工又早早地开始布置后花园。往年这时候,朱老爷常常来转转看看,见花工忙得满头大汗,总要关心地问这问那,动不动还赏些小钱。今年,朱老爷一次也没来过,而是三天两头走出大宅院,在乡野里四处闲逛。不与太太们同行,不带下人,只是一个人走东串西。

每次出门,朱老爷总是先到河边。河边的小路上开满了七彩的野花,没有大宅院里的富态,一种清纯自然的俏丽却让人怜爱。这里的蜜蜂和蝴蝶,飞起来比大宅院里的轻灵,成群结队地在鲜花绿草里游戏。朱老爷就席地而坐,看它们轻舞飞扬,时不时地往河里扔块土疙瘩,溅起的水花又白又亮,拨开的水纹,一道又一道。

田里的麦子是一望无际的绿,如同一块大绸布又滑又润。朱老爷在其中流连忘返,不知不觉到了一个村庄。村头有一个姑娘,一身的灰衣,只是扎了个青色的头巾。远远地望去,朱老爷的眼有些花,总觉得是当年的二太太,不,是三太太,不,是四太太……走近,才看清了,只是一个村姑。

几天后,朱老爷吩咐管家送两丈布、半担麦子到那村姑家。

打　架

　　水根想找人打架的冲动,是在春天的一个早上随着太阳一同升起的。事后,他好好想了想,那个早上的阳光其实与平常的没什么两样。说起来,他打生下来还没和别人真正打过架。打架嘛,得互相动手才行,要不然就不叫打架,而他只能说是挨别人揍。他挨揍,是常有的事,可从没有还手的机会。往往是还没出手,就被别人打趴下了。就是有机会还手,他也不敢,拳头没碰到别人,招来的拳脚更多。村里人对许多事都有公道的评说,遇到不平的事,总有人会站起来主持公道。可就是没人替水根撑腰。在他们心中,水根受人欺负是应该的,就像大家伙儿天天都要下地干活一样,没什么奇怪的。

　　这个早晨,水根吃完早饭,伸了个懒腰,一下子听到浑身的骨头都在咯咯作响。当他转过身抬头看着阳光时,心里一动,生出了要和谁打一架的念头。这样的欲望先是像小蚂蚁在咬噬他,后来如同潮水一样淹没了他,以至于他根本没去想,他为什么要打架,又要与谁打架。

水根的拳头举在桩儿面前,只差一点就戳到桩儿的下巴。水根用足了劲想要让拳头牢牢地定在桩儿面前,可他越用劲,那拳头抖得越厉害。

桩儿长得就跟一根粗木桩一样,在江苏东台三仓乡,他以蛮力出名,曾经浑身一抖擞就把一头牛硬生生地掀倒在地。水根的头发全竖起来,身子挺得再直,个头儿也就到桩儿的肩膀。

和桩儿一比,水根就是根芦柴棒儿。在朱家湾,水根是大家伙儿的出气筒,连小孩子也敢对他吐唾沫。做起农活,水根是把好手,力气也是有的,白天在地里活儿干得再多,晚上在床上照样能收拾女人。水根的女人也有意思,动不动就责怪水根这没本事、那没能耐,成天没什么好脸色给水根。可晚上在床上,水根要收拾她,她从没有拒绝过,而且配合得相当好。好像也只有那一刻,水根才感觉自己是个男人。平日里,水根谁都不敢惹,更是处处躲着桩儿,从不敢与他打照面。他觉得,光是桩儿的那目光就能把他击倒。

桩儿是个闷葫芦,一天到晚说不了几句话,替他说话的是他的力气。那天,他家玉米地闯进一头牛,把半人高的玉米糟蹋得不成样子。牛的主人在地头悠闲地抽着烟,就好像自家的牛在荒地里啃草一样。

赶来的桩儿一把揪起那人的衣领:"故意跟我作对啊,快去把牛牵走!"

那人甩了甩手里的绳子:"我把牛鼻子都拉豁了,可这畜生不听我的,我能怎么办? 兴许我抽完这根烟,它就自个儿回家了。"

桩儿把那人推倒在地:"你家的牛你得管! 要不然别怪我不客气。"

那人也不气恼:"我管不了了,你爱怎么办怎么办。"

桩儿不说话了,跑到牛身边想把牛推走,没推动。只见他深吸了一口气,抱住牛的脖子一下子就把牛撂倒在地,然后拽着牛的两条后腿,三下五除二就把牛拖到了玉米地边上的小路上。那人惊得含在嘴里的烟掉了也不知道,那牛好像也被吓得不轻,躺在地上好久不动弹。说来也奇怪,那人再上前拍拍牛,牛就歪歪扭扭地起来,埋着头向家的方向走,显得特别老实的样子。

水根是不会招惹桩儿的,可桩儿时不时还会拿水根出气。水根走在路上,身子晃来晃去,和水中的芦苇差不多。他是想走得昂首挺胸,可总是缺股劲儿。桩儿迎面过来,一巴掌拍在水根肩上，水根就轰地倒在地上。有电影队来村里，晒场上那最好的位置是桩儿的，这全村的人都知道。甭管桩儿来不来，那位置的边儿都没人敢沾。有一次看电影，桩儿没来，晒场上人又多，只有桩儿那位置空着，而且空着特别大，足足可以坐下三四个人。水根紧贴着边坐下，心想，反正余下的地儿就是三个桩儿也能坐下。就在电影刚开始放时，桩儿来了。他看了一下水根，就把水根连人带板凳端起来往人堆里扔。人们躲开了，水根摔在地上好一会儿不能动弹。

水根能主动这么靠近桩儿，这是桩儿没有想到的。不但离这么近，还举着手，水根这小子是吃什么药了，脑子出毛病了？

桩儿瞟了一下水根瘦巴巴的拳头："拿什么东西孝敬我了？"

水根咬了咬牙："你没看出来？我要和你打一架。"

桩儿笑笑："和我打架，你省省吧，我不和你闹，我还得去晒场搬碌碡呢！"搬碌碡是桩儿每天要做的事，村里人说他是有劲没处使，他说他这是练力气。村里人就想不通了，这桩儿的力气比一头牛都大，还练，他还要练得什么样？

桩儿瞧瞧水根，摇摇头向晒场走去。水根冲着桩儿的后背猛喊："你真没种，不敢和我打一架。"

桩儿头也没回："我要真和你动手，那我才没种呢！"

水根跳了起来:"你就是没种,连架都不敢和我打!"

桩儿一只手扬在身后,中指竖得直直的:"我一只手指就能把你打趴下,还想和我打架。"桩儿说是这么说,心里头也纳闷,水根这小子一天到晚软乎乎的,一碰到我,身子就直发颤,今天这是怎么了,竟然要和我打架? 他不要命了,还是怎么的? 我又是怎么了? 一拳头把他揍倒不就结了,怎么还和他废这么多话? 桩儿很少这么想事。

这天,桩儿搬碌碡有些心不在焉,几次都差点闪着腰。要在以往,他得练一个小时,今天不到半小时,他就恍恍惚惚地回家了。

水根在河边的路上走着,左边是条通向海里的河,河水缓缓地流着,时不时有鱼儿冒出水面,两岸的芦苇把水面染成了一片深绿。右边是一片麦地,绿莹莹的麦苗在微风中慢摇轻晃,水根已经分不清哪是河水哪是麦田。

远处的碧绿中有一个人,这时节没有人下水,那人一定是在麦地里锄草,水根这才找着方向。他径直向那人走去。

其实水根老远就看出那人是恩南,村子里脾气最暴、下手最狠的人。就在前几天,有个人中午从他家门前走过,咳嗽声大了些,把睡午觉的他吵醒了,他骂骂咧咧地从屋里冲出来,劈头盖脸打了人家一顿,那人瘫在地上,他回屋倒头又睡。

恩南是坐过牢的人。在村里,人们这样说恩南,没别的意思,只是强调恩南这人胆有天大,没什么能让他害怕的。他连牢都蹲过,这天下他还能把什么放在眼里。恩南刚回到村子的那几天,还觉得在人前抬不起头,没法做人。可后来他发现他这牢坐得反而值,村子里的人比以前更让着他,连村长也是这样。

恩南犯事,和村长有直接的关系。桩儿是力气大,恩南是胆大。村长家有条村里最大最凶猛的狗,用村里人私下的话说,这真是什么人养什么狗。好在,村长把狗圈在家里,从不让它出门,说是看家护院。苦的是那些不得不上村长家说事的人,先得过狗这一关。被拴着的狗可劲儿地咆哮,让去村长家的人能吓丢半个魂。恩南家要为恩南添块宅基地,这事得村长说了算。恩南父亲几次在村里遇到村长提到这事,村长都说,有空到我家细说吧。在外头不说,也不让到村委会去,恩南的父亲这天只好揣着两千块钱硬着头皮上村长家去。人还没到村长家,村长家的狗就乱叫起来。等到狗瞧见了恩南的父亲,叫得更狂。恩南的父亲想这狗要是挣断了链子可怎么得了,想着想着,浑身直哆嗦,裤裆里一阵湿热。

见到了村长,他颤颤巍巍地把钱放在桌子上,一句话也说不出。村长盯着他微微地笑着,也不说话。

他定了定神:"村长,这事就托付您了。"

村长瞧了瞧桌上的钱说:"这只够我们家狗一年的肉钱啊,你那宅基地也得等个一年吧。"

第二天上午,村里人都下地干活后,恩南拎着一块砖头来到村长家。村长的儿子刚好要出门:"你想做什么?"

恩南说:"我要砸死你家狗。"

村长的儿子当然要护他家的狗,恩南可没客气,先是把村长儿子打了一顿。村长的儿子断了一只胳膊,躺在地上号啕大哭。恩南就在这哭声中把村长家的狗砸死了。

为这,恩南坐了一年的牢。

这一年下来,恩南家的宅基地还是没着落。也就是在恩南回来的第四天,恩南上了村长家要那两千钱,要那宅基地。

村长的儿子指着他的鼻子:"你个劳改犯,还想在我家撒野。"恩南二话没说,当着村长的面就把村长的儿子捆了起来。

恩南一脚踩在村长儿子身子上:"你再敢对我乱叫唤,我就让你和你家的狗一样下场。"说完这话,他踢了村长儿子一脚,旁若无人地走了。当天晚上,村长就上门退了钱,拍着胸脯说半个月内宅基地就批下来。

现在,恩南家的房子已经盖好了。

现在,村里人都说,惹天惹地,不惹恩南就好。

水根也想过,这桩儿和恩南要是撞到了一块儿会怎么样,让他迷糊的是,桩儿和恩南俩人好像是井水不犯河水,不在一块儿,也从不会起纷争。这到底是怎么回事呢?水根把脑袋想疼了也没想出个头绪,后来干脆就不想了。

水根迈着小步,每走一步都狠狠地跺地,脚还会用劲地碾来碾去,麦苗一下子就烂成一片,流出浓浓的绿汁。离恩南越近,水根的动作越夸张。

"嘿,嘿,你做什么呢?"恩南终于如水根所愿抬起头来,把愤怒的目光扔向水根,"糟蹋我家的麦子,你想死啊!"

水根昂着下巴,勇敢地接住恩南的目光,腿抬得高高的,重重地落下,身后的麦子全都趴下了,就好像一条由血肉模糊的尸体铺成的长长的小路。恩南举着锄头奔过来,锄头柄在空中乱舞,锄头划出杂乱的寒光。他想,水根这小子今天出毛病了,竟敢当着他的面毁他家的麦子,不过,我这一吓唬,这臭小子指定屁颠颠地逃得远远的。

让他没想到的是,水根不瞧他的锄头,一直死死地盯着他的眼睛,他到了面前,水根把身子拔得更直:"来呀,来呀,打我呀,我就是要找你打一架!"

恩南愣住了:"你,你水根要找我打架?"

水根脚底下不停:"我弄坏你家麦子,你不和我打架?"

恩南搞不清水根到底怎么了,这小子胆没针尖大,今儿个出怪事了。他的目光由愤怒转为困惑,手中的锄头也停在半空中。水根心里咯噔了一下,这恩南怎么还不动手?俩人都把不解的目光抛给对方,四周静得只有微风拂过麦子的声音。

是恩南先转身走的。

恩南重重地叹了一口气,提着锄头向自己刚才锄草的地儿走去。水根浑身一软坐在地上,那口气叹得和恩南的一样重。叹完了气,他想,这恩南火暴的脾气上哪儿去了?他怎么也叹气呢?在他想来,恩南这样的人是不该叹气的,再说,平日里谁也没见恩南叹过气。

水根实在想不明白恩南为什么要叹气,就起身向晒场走。他以前去晒场都是走刚才那条路,今天他不,他偏从恩南家的地里走。他走到恩南身边时,双脚把麦地当成了磨刀石蹭着往前挪。恩南低头锄草,看也没看他,他大声地"哼"了一声。

这一刻,他的身体里涌起某种感觉,血管热乎乎的,脚下开始发飘。他不知道这是一种什么样的感觉,但他知道,这样的感觉他以前从没尝过。没多大一会儿,伤感又重新占领了他。这平日里常有人欺负我,可今儿个我想找个人打架,怎么就这么难?

水根走远了,恩南看着再也活不成的麦子,气得直咬牙,手上一带劲,锄头柄断成了两截。他心里想的是追上水根,把这小子打个生活不能自理,手上倒开始从别的地方抽起麦子来补被水根损了的麦子。

水根到晒场时,本以为还能遇上桩儿,那他会直接冲上去打,桩儿指定就还手了。这架就能打成。

桩儿不在晒场,晒场上空无一人,只有一堆堆草垛。水根爬上高高的草垛,把手合成喇叭状,大声地叫喊:"我要打架,我要打架!"

这声音尖锐中透着悲愤,在村庄中穿行。在地里干活有耳尖的听到水根的喊声,便停下手里的活直起身子向晒场张望。水根一见这样,把嗓门扯得更大。地里的人听出是水根,有点诧异,随即就不理会了。这地里的活儿多着呢,不做也没人替他做,再说了,农时不等人啊。

水根的嗓子快冒火了,实在是喊不下去了,就跪在草垛上放声大哭。

自他懂事以来,他没认真地想过要好好做件什么事,也没什么事能让他有强烈的欲望要去做的。今天攒足了劲想和别人打一架,可没人应他。出门时,他还想,动不动就挨打,这出来主动找打,还不是轻而易举的事。没承想,他壮着胆向桩儿和恩南挑衅,他们像是变了个人似的,出人意料地不动手。

水根哭够了,就想下草垛回家。他是想跳下去的,没敢,那还是抓着草一点点滑下去吧。这会儿的水根浑身都软塌塌的,没了早上出门那劲头。他刚滑到草垛边上,也不知怎么回事,就滚了下去,伤没什么伤,不过浑身酸酸痛痛的。

水根这才想起,以前他下草垛都是这样的狼狈相。唉,我这人也就该这么窝囊。水根身上全是碎草和土尘,他才不管呢,他又恢复了以前走路的样子往家里晃动。

这一个上午,水根像是做了场梦。现在梦醒了,不,这样的梦,他已经记不得了。

就在水根滚下草垛时,阿福的屁股刚挨了桩儿好几脚,疼得他觉得那屁股好像已经不在自己身上。

就在刚才,他快到桥中央时,桩儿到了桥头。他挨在桥栏杆边,等着桩儿先过去。桩儿走到他身边:"哟,还敢跟我抢路啊,我上桥,你也要上来,和我作对啊?"接下来桩儿连着踹出好几脚,全落在他屁股上。要不是他死死抓住栏杆,早就被踹到河里了。

桩儿走了,阿福倚着桥栏杆直喘粗气。

桩儿走远了,阿福哭得很委屈。

水根离桥不远时,阿福抹干鼻涕眼泪站起来,双手叉腰一脚蹬在桥栏杆上,像个一夫当关的将军。阿福的个头比水根还小,岁数也比水根小好几岁。水根已经有女儿了,他没成家。

水根上了桥,阿福觉得还差点什么,从袋里摸出一根烟叼在嘴上:"来,给我点上!"

水根把身上的口袋掏了个遍:"我没带火!"

阿福一巴掌抡过来,水根眼冒金星。"这下子你有火了吧?"阿福笑得很灿烂,笑着的时候又一巴掌烙在水根脸上。

阿福又在水根的屁股上踢了两脚后,哼着小曲乐颠颠地下了桥。水根用手揩了揩嘴角的血,就当什么事也没发生一样继续回家。

家里没有人,女人下地了,女儿被女人送到娘家去了。农忙时节,水根的女人把女儿送到了婆家,说是这样能省事,腾出时间多做农活。可她原来一年才回趟娘家,现在一个星期就回一次,早上去,晚上回。

水根说:"你现在回娘家比赶集还勤,还不如把女儿放在家里呢。"

女人说:"你说什么,再说,我就待在娘家不回了!"

这话一出口,水根就不敢张嘴了。

水根进门刚端起一碗水,女人就从地里进了家,连草帽还没摘下:"你一个上午死哪儿去了?"水根手里的碗一颤,水溅了一手。

女人把草帽扔在墙角:"你以为你是包工头啊,当甩手掌柜。"

水根蹲在门外:"吵什么吵?我想找个人打架。"

女人嘴角一撇,手上的湿毛巾飞了过来:"你还没被打够啊?"

水根一下子又来了劲,腾地起来拦腰抱起女人,下巴抵住女人脖颈。

"你要死啊,这大白天的,你有力气,多下地干点活儿。"女人身子一扭,就挣脱了。水根的喘气跟不上趟儿了,又冲上来要抱,女人也不知使了个什么动作,就把他扳倒在地。

水根不起来了,还是躺着自在。

他真想就这样好好地睡上一觉。不过,有一个问题缠住了他:今天早上,他一觉醒来,怎么就生出了与别人打一架的念头呢?这个问题搅得水根怎么也睡不着。

午间的阳光很是灿烂,可怎么也照不进屋里。门外花白一片,水根躺着的地方,阴阴的,他觉着有丝丝凉气像麦芒一样钉满了后背。不一会儿,水根就睡着了,浅浅的呼噜声从屋里飘到屋外,散进了阳光里。

和鳗鱼有关或无关的故事

1

我在等父亲回来。他在乡上做事,个把月才回家一趟。我不知道父亲在乡里做什么事,人家都说他是个闲人,可他说他一天到晚忙得要死。父亲和我们朱家湾里人长得不一样,白白的,像根大萝卜。穿的衣裳也是整整齐齐干干净净的,不像村里人个个脏不拉叽的,到处是补丁,和刚出泥的萝卜差不多。都像萝卜,可真不一样噢。其实我最不喜欢父亲,他一到家,我就要做好多好多的事。要剥毛豆,一剥就是一碗,剥得我手发麻头发晕,屁股底下的小板凳像长满了钉子,让我坐着难受。我要是偷懒了,他就打我,最起码也要用像钉子的目光狠狠地剜我。我想父亲回来,是因为他总带点好吃的给我,比如一捧米花糖、两根果丹皮什么的。再说了,父亲在家的那几天,饭桌上的菜多了,也好了。

　　父亲总是在太阳有筛子那样大时出现在桥头。大大的、红红的太阳挂在树枝上,鸟儿在往窝里飞,河里的水被映得通红,鱼儿在芦苇根旁游来游去,有点像迷了路,又像是没吃饱在找吃的。原来青色的桥,这会儿穿了件淡红色的衣裳。父亲走上桥头时,是个黑里透红的影子,高高大大的,左右直打晃。我有几次都想扑上去,但还是不敢,只好远远地望着,等他快到跟前时,我撒开小腿往家跑,离家老远就大声叫:"爸爸回来,妈妈,爸爸回来了——"

　　有时候,天都黑了,我还没看到父亲。我爬上桥边上的那棵大树,伸长了脖子向不知到底有多长的路望去。路上一个人也没有。

　　我到家时,桌子已摆满了菜,有窗纱做的罩子罩着,有一瓶酒和两个酒杯。香香的味道,把我的口水拖下来了。我爬上板凳掀开罩子,捏起一块肉正要朝嘴里放,耳朵却被一只手揪住了。是母亲。我一边忍着疼把肉塞进嘴里一边挣开母亲的手,跑到了河边。要是母亲追我,我就下河。我不怕,我会游水。

　　母亲说:"你爸呢?"

　　母亲正在绞湿湿的头发,脸红扑扑的,真像现在西头的大空。我晓得,母亲已经洗好澡了。她只有在父亲要回家时,才这么早洗澡。平时,她总要忙到好晚,临睡觉时才洗澡。有的时候,澡不洗,连脚都不洗,就躺在床上打呼噜。

我说:"我没有看到爸。"

母亲看了看西边的天,脸色渐渐发白了。我家蛋下得最多的老母鸡在母亲脚边打转,母亲抬起一脚把它踢得老远。老母鸡在地上打了两个滚,咯咯地直叫。

"这天杀的。"母亲咬着牙骂了一句。

我说:"我肚子叫了,我要吃饭。"

母亲说:"吃吧,吃吧,再不吃,我就全喂猪去。"

爷爷也从屋里出来,抓起筷子吃饭。

中午爷爷还吸吸溜溜地喝着稀粥,笑眯眯地说:"泥巴,你爸今儿个回来了。"

我说:"爷爷又要和爸爸喝上好几杯了。"

爷爷呵呵笑了好一会儿,把屋檐下的几只麻雀都吓跑了。

桌上的酒瓶刚才还在,现在却没影了,只剩下了两只酒杯。空空的,没有酒。

我说:"爷爷,买了的酒呢!"

爷爷吊起眉毛瞅了瞅母亲,干咳了两声,挤着笑和我说:"爷爷这两天头晕,喝不下酒。"

毒辣辣的阳光舔着我紫色的锅巴似的后背、屁股和瘦藕般的腿，发出吱吱的响声。我的屁眼憎恨地瞪着像口烧得通红的锅似的太阳。

狗日的太阳。

这是一个雨水充足、阳光灿烂的夏天，也是我开始从痴迷于看蚯蚓不知疲倦地耕地蚂蚁忙忙碌碌地搬家，转移到对壁虎吞蚊子猫狗疯狂厮打的血肉模糊的场面兴趣盎然的那个夏天。血腥的残忍似乎比优雅的赏玩更能刺激心脏的跳动。鲜血哗哗地流，喂养我呼呼啦啦长个不停的欲望。

数十条毛鱼秧（也叫鳗鱼苗）列队而来。毛鱼秧绣花针大小，浑身上下银白银白的，只有针眼大的眼睛黑如墨。它们排着整齐的队形由东向西逆流而上，就似空中的飞行编队。

我知道这些可爱的小精灵从老远的海里来；我知道它们金贵，海边人称为软黄金；我知道把它们偷运到南京价钱翻一倍，偷运到广州翻两倍；我还知道它们漂洋过海到日本后，小鬼子会养成几十斤甚至上百斤重的鳗鱼。这些，我是从疤眼王那儿听来的。

在毛鱼秧后头跟着一条猫一样人的鱼，我希望它能张开血盆大口吞下这一群毛鱼秧，最好还能从腮里流出丝丝的红血。我想起了大人说的话："人吃鱼，大鱼吃小鱼，小鱼吃麻虾，麻虾啃烂泥，烂泥埋死人。"

毛鱼秧是小鱼，可它肯定吃不下麻虾。

2

疤眼王叫王国财，是我们东台三仓乡的一大活宝。听大人说，他眉眼处那绿豆饼大的疤，是偷摸村里香麦寡妇被窝落下的。有次我问他，他用手蹭着瘢痕说："你才多大？晓得什么叫摸？喊！"

他又说："你晓得奶子吗？"

我说："奶子有奶。"

他说："大人吃奶比小孩吃有意思。"

我躺在灰黄黄软乎乎的麦秸堆上，吞吸成熟和腐烂的混合味道，想着蓝天这个蓝兮兮的大碗什么时候会扣下来时，疤眼王嘴似瓢一样打着哈欠晃荡来了。一身黑里透亮的衣裳，有许多布条如同树叶在风中乱飞。母亲说疤眼王这身狗皮，洗的头遍水倒在地上都流不动，要在河里汰，河水三天三夜都清不了。他穿着那双有好几处咧着大嘴、后跟总踏着的布鞋，走起来踢踢哒哒，和猪吃食差不多。他右手的食指要么在鼻孔里左旋右转，要么就摸搓伤疤。

他往我跟前一站,阳光干净的味道没了,一股臊臭味像蚯蚓一样钻进我的鼻孔,我禁不住打了几个喷嚏。他鼻子一抽,白不拉叽的鼻涕虫就爬回了鼻孔:"想听故事不?"说完,他拔出别在腰间草绳里的烟锅,在疤上叩出嗒嗒的声音。

我像受惊的兔子跳下草垛撒开脚丫子直往家奔,跑了一段转头望了望,我看见疤眼王嘴角流淌着明晃晃的笑意和口水,几只麻雀在他乱草般的头顶叽叽喳喳地欢唱盘旋。堆满麦秸的晒场,是金色的海洋,黄澄澄的波浪起伏翻滚,立于其中的疤眼王像一根硬撅撅的屎棍。

我回家从父亲的烟袋里拈了点烟丝,觉着不够疤眼王把一个故事讲完,便到鸡窝里弄了些鸡屎掺在里头。

味冲,就是上等的好烟,疤眼王接过烟丝闻了闻。我歪斜在麦秸堆旁含着一截空心的芦苇棒呼噜噜地吸,凉凉的气像蛇一样直窜到小肚子里。

疤眼王吞下一口烟,蜡黄似马粪纸的脸上顿时有了红红的、鲜活的色泽。他左手伸进肥大的裤裆捞来捞去,活像那里有条滑溜溜的泥鳅,右手食指蹭得伤疤锃亮锃亮像一把小镰刀,眼跟洋油灯一样跳个不停。他吃了烟,口水不淌了,倒是唾沫星儿四溅。

这不是故事,是我自个儿的事。不过照规矩有名儿,就叫"鱼饵"吧。

前天,是前天,我到东头海边的琼港乡和张三网下了一趟海,是去捕毛鱼秧儿的。他妈的,我疤眼王真是大开了眼界。

那海真他妈的大,我估算了一下,至少比我们村大一万倍。

我们到海边时,还没涨潮,眼前是望不到头的黄泥地。要我说,这刻儿的海就是个烂泥场。我身后是一大片疯长了一人多高的茅草,野鸭扑棱棱地飞,野兔嗖嗖地跑,野鸡叽叽地叫,丹顶鹤细细长长的脖子,俏着呢。我想点把火,烧他妈的茅草这些个骨子精,大火起来好看好听还是个大得要死的烤肉炉,把活的统统烤熟,可以狠狠地吃一顿。可张三网说不能,这火一起没法救,搞不好把整个村子都吃了。

高处的天蓝蓝的,远处的海白花花的,有好些挂帆的船像是在地上爬。我把渔网扔进舢板,这网密着呢,要我说就是一顶蚊帐。张三网把两个鼓鼓的麻袋摔进舢板。我们像牛耕田一样拖着舢板往海里头走,掺了不少沙子的黄烂泥从脚丫子里扑哧扑哧地往外冒,脚板麻麻的痒痒的,真他妈的舒服,只是有时蛤蜊、蚶子硌着脚挺疼。

从张三网家出来一直往海里走了十好几里,一路上我总听到低低的细细的、像小猪又像小羊又什么都不像的叫声,开始觉着是张三网哼小曲儿,后来才知道错了。到了地儿我们插网,网要像羊圈的篱笆那样插起来,只在朝东的地儿留门,涨潮时跟潮上来的毛鱼儿有误闯进来的,也有冲着鱼饵味来的。

插好网,张三网拎出了后来他说的鱼饵朝网中间一撂。两只白白胖胖的细猪儿在地上,甩胳膊蹬腿儿,像孩儿一样嘤嘤地叫唤。

张三网坐在舢板里说:"快上来,潮马上来,小心你也成了鱼饵,不过你的皮太厚又臭烘烘的,毛鱼秧儿不稀罕。"

我再看鱼饵,哎呀,我的妈,不是鱼饵,也不是细猪儿嘞,当时我裤裆里就湿淋淋热乎乎的。

我问晃脑袋吃烟的张三网:"你……你,这是鱼饵吗?这怎么是鱼饵?"

张三网说:"这世道只要鱼爱吃,什么都能做饵,三百块钱一个呢。"

我嗓眼起了火,呼哧呼哧烧着,浑身像吃了屎粑粑一样难受,我说:"你他妈的太狠了,用这当鱼饵,当心天打雷劈。"

张三网不生气:"你啊见识太少,毛鱼秧儿就欢喜这饵,这也是废物利用嘛。"

我说:"这怎么是废物?是宝贝疙瘩。"

张三网说:"没见不带把儿?你不是想挣钱吗?赶明儿你去弄,有多少我要多少,咱哥俩价钱好说。"

说话间,潮水来了。这潮水看起来不咋样,可我一会儿就被颠晕了,那两个鱼饵泡在水里头没多大会儿就不动了。

收网时,鱼饵的皮被毛鱼秧钻成了筛子,张三网提起来一抖,毛鱼儿跟落雨一样往下掉,红殷殷的一片。末了,张三网还在一个个洞眼儿里抠,他让我帮忙,我哇的一下像喝醉酒一样吐个不停,差点没把黄胆吐出来。

张三网骂我软蛋,我认了。

他妈的,我疤眼王打生下来,就当了这一回软蛋。

好了,不说了,不说了,我得走了,我疤眼王以后再也不会当软蛋了。

这世道,做软蛋轮不上吃香的喝辣的。

这是什么破故事?我问疤眼王那鱼饵到底是什么,他说:

"你是孩儿呢,是带把儿的,把你吓出病来,我赔不起。"

我冲着他破破烂烂的背影使劲吐了一大口唾沫,说:"你是个大骗子。"

已出了晒场的他没回头,欢快地说:"下回吧,下回讲个好故事。"

下回?哼!每次临了了他都这么说。这一次草草应付不算,讲鱼饵的故事,可鱼饵是什么我都不晓得。不说拉倒,我自个儿想:人吃粮食狗吃屎,青蛙吃虫鳖吃鸡心,鱼吃蚯蚓疤眼王的故事吃我的烟,毛鱼秧是鱼,说不定也吃蚯蚓,可疤眼王说那不是蚯蚓。我问爷爷,他说:

"听说是喜欢吃嫩嫩的鲜鲜的肉。"

爷爷的手轻轻地在我的腮帮上捏了一下,一点都不疼,只有一点点痒。爷爷的手掌长满了像渔网一样的皱纹,手背和楝树皮一样。我仰头看着爷爷的眼睛,那里面浑浑的,跟搅浑了的水塘一样。

我问爷爷:"为什么你的眼睛不像我一样亮亮的,你那两颗玻璃球?"

爷爷的手在我的头顶上揉了又揉,说:"爷爷在这世上待的时间太长了,你还是孩子呢。"

我问:"为什么人长大了,眼就不清了呢?"

爷爷挨着墙角吃力地坐了下来,看看天,瞧瞧地,最后把目光洒在河边的芦苇上。

"东西看多了呗。"

爷爷的声音像夜里忽忽悠悠的风声,更像我拉风箱的声音。我力气小,要使出吃奶的劲才能让风箱慢慢地动起来。

3

天上挂着明晃晃的太阳,香麦寡妇挑着个大篮子走在田埂上。地里的麦子已熟了,黄黄的,跟涂了金似的。香麦寡妇的草帽也是黄黄的。她穿了件蓝色碎花白底子的褂子,裤子是粉红色的,风一吹软乎乎的。在我眼里,香麦寡妇和这地是一幅好看的画。

听大人们说,香麦寡妇的男的是村里长得最壮的,干起活来不要命。农闲时外出在一个建筑队做瓦匠,一季能赚一大把钱回来。村里人要想结婚,先得把房子盖好。他们家不一样,结婚时还住在村东头的破棚子里。当时,老年人说,香麦没点做姑娘的本分,要么就是嫁不出的老姑娘。年轻人说,香麦的男的前世修了福,跌个跟头捡了个大元宝。结婚没出三年,香麦家盖起了全村最好的房子,地基最深,房顶最高,明间最大,屋梁最粗,红砖青瓦。真气派！房子上梁的那天晚饭后,香麦的男的开始觉着浑身没劲儿,以为是累的,没放在心上。后来,搬到新房子,他的脸变得蜡黄蜡黄的,瘦得不轻。从乡上的医院检查回来后,他两个月没出门。最后,他是和棺材一起被人抬出来的。

一提到这事,爷爷就说:"人啊,人啊,唉——"

父亲说:"图什么呢?为个屋送了命。"

爷爷说:"这人活一世,唉——"

爷爷把一杯酒倒进喉咙,父亲欠了欠身替爷爷斟满了。

父亲说:"爸,我准备在乡上盖屋。"

爷爷说:"你做主,当年,我住在你爷爷屋里时琢磨自个儿砌屋,你爷爷也不管我这事。我这一辈子没亏你,你也别怠慢下一代。"

这后来,爷爷和父亲一声不吭地喝酒,一杯、二杯、三杯、四杯、五杯……天渐渐黑了,爷爷和父亲的脸倒越来越亮堂。没有风,没有月亮,只有河水哗哗地流的声音。

母亲总说香麦寡妇是妖精,村里的好多女人都说香麦寡妇是妖精。香麦寡妇是村里最好看的,我在想,大人嘴里的妖精是不是就是好看的意思。香麦寡妇身上有股我说不上来的味道,反正是香香的,和村里人的泥土味不一样。是啊,看到香麦寡妇,我就有好多的事想不通。村里的大人都得下地干活,她不去;村里的女人背着她吐唾沫,男人遇到她一脸的笑,还说她就是村里的一条毛鱼秧儿;村里的男的女的都是黑黑的,像河里稀薄的烂泥,她白白的,像刚生下的小猪;我割猪草时就割村里的苜蓿,没人敢抓我,因为我父亲在乡上做事,村长怕他,香麦家没人在乡上,可村长看见她割苜蓿,也不抓,还笑嘻嘻说:"这大热天的,别把你累着了。"我脑子不够用了。

香麦寡妇走起路来,就像风中摇摆的麦子,有时还和在水里游的鱼差不多。我想,这一定是她鱼吃多了。

王恩财最爱送鱼给她。

王恩财是村里有名的钓鱼好手,在哪条河里,他都能钓上鱼。据说,这功夫是他家祖上传下来的。他懂得什么河里有什么鱼,什么鱼下什么饵。平时只要见他蹲在河边,顶多半支烟的工夫,水里的网兜就有半兜子鱼了。他家里要是来了客,他和人家打个招呼,扛着渔竿出去那么半会儿,饭桌上就至少有三道菜是用鱼做成的。

王恩财是个小气鬼,别人休想从他那儿借来半个纽扣,更别说让他送鱼给谁家吃了。可他每回送鱼给香麦寡妇时都是笑嘻嘻的,好像得了什么便宜似的。他手里拎着用草绳穿起的四条鲫鱼,鱼活蹦乱跳的,滴下的水把土砸个小坑,银色的鳞片闪闪的,像一个又一个月亮。王恩财的眼睛眯缝着,发出像鱼鳞一样的光。

到了香麦寡妇家门口,他把门敲得咚咚响,但不说话。香麦寡妇开开门,他把鱼提得高高的,还有意来回地晃。

香麦寡妇眼盯着鱼说:"你个死鬼,进来呀!"

母亲说:"王恩财是只猫,香麦才是条鱼哇!"

这话,我听不明白。

4

铁匠奶奶走来时,我在看青蛙逮虫子吃。

一场大雨在村庄上空又唱又跳了一天一宿,因干渴而像皲裂手背的庄稼地,重新露出了舒舒服服油亮滑润的笑容。我家门口的河腆起了皮鼓一样的肚皮,前几天上岸的芦苇又都下了水在欢快地摇晃,根根灰绿灰绿,飘洒着湿湿的清甜的味道,咯吱咯吱的拔节声应和着水面的咕噜咕噜声,此起彼伏。身披迷彩衣的青蛙下半身没在水里,两只楝树果那样大的眼睛紧盯一根——或许是两根甚至更多根——芦苇棒,闪着莹莹的绿光,喉囊一收一放,嘴角黄不拉叽的口水淋淋漓漓。这是一只朝气蓬勃、精力旺盛、行动敏捷的青蛙。一只蛾子扑棱棱地飞过来,我看到青蛙闪电般地刺出猩红细长的舌头——舌头不见了,蛾子不见了。

我已经在这儿待了两个多钟头了,青蛙一共吃了十一只蛾子、七只蚊子和四只我不晓得叫什么名字的虫子。青蛙闭上眼睛,头两旁像挂了两个绿油油的葡萄,我不晓得它是在打瞌睡还是在以此迷惑美滋滋的猎物。

铁匠奶奶出现在河岸灰白的小路上,两只粽子脚一戳一戳的,掀起一片尘土,就像航行的船拖起的一条长长的水线。她爬满蚯蚓般皱纹的脸上,泛出乐颠颠的笑容。我闻到了一股湿湿的腥味。腥味来自她那干枯的手。我知道她又帮人家从肚里拖出小孩了。

她嘴里不住地念叨:"六斤二两,六斤二两,可惜不带把儿。"

我问:"奶奶,谁家的?"

她说:"国华家的,第五个了。"

我一听这话,就不想看青蛙逮虫子了,抡起一根芦苇当马往家骑。我要找最大的海碗,坐在兀槛①上等国华送糖粥。村里头谁家生了男娃送红蛋,生了丫头就挑两桶放糖的大米粥挨家送一碗。这规矩我早就晓得了。村里人生得越多,我越快活。

---

① 兀槛:方言,指老房子大门处的高门槛。

我家的海碗都有豁口,我只得捧一个豁口最小的坐在火烫烫的兀檻上,盼着国华挑着粥桶走到跟前。不过,我晓得糖粥甜甜的香香的味道要到明天才能闻到。但还是要等,万一人家提前了呢?

十几只苍蝇在我周围嗡嗡地盘旋,有两只在我的膝盖上溜达。上午我割草时雪亮的镰刀在这儿拉了一道口子,一条鲜红的蚯蚓一直爬到脚背。我撮了一点像炒面一样的土抹上去,转眼洇成紫褐色,好似一朵灿烂的豌豆花。这会儿,两只苍蝇在上面嗅着干干的腥味,兴奋地用细细的却灵活有力的前腿搔首弄姿。我感到伤口处一阵辣辣的痒,如同无数根麦芒温温柔柔地扎着。我用脏兮兮的手扇跑苍蝇掀去血泥巴,见鲜血滋滋地冒,又敷上了一把土。

国华家养的孩子比他家猪圈里的猪还多,孩子都一个样,长得像麻秆,风一吹就能倒。他斜靠着我家门框像根扁担,脸是颗晒干的大红枣,衣服上杂七杂八的补丁尽是尿臊味。母亲让他进屋,他一脚踏在兀檻上说借点米就走。在洋油灯微弱的灯光下,他的眼睛是脸上唯一生动活泼的部件,在我家明间里上上下下左左右右地爬。我好像看到无数的蜘蛛。西墙一张被煤油烟熏得黑不黑黄不黄的画上有一只大碗,碗里盛着肥肥油油的烧鸡。他死死地盯着,喉咙里"呃呃"的声音接二连三,碎砖样的喉结上蹿下跳比小老鼠还灵活。他提着米临走时,目光还在烧鸡上狠狠地抓了一把,就和母亲打我时薅我的头发一样。

母亲说:"孩子还好吧?"

国华说:"丫头,有什么好不好的,多了张嘴,这不又问你家借米了。到了秋上,我一定还。"

母亲说:"都是屋头屋后一个村里,别太见外了。生了,总是件喜事。我们家三个和尚,我还真想再生个女娃呢。"

他一走,母亲脸上温暖热情的笑容好似泥鳅般溜了:"还个鬼,去年借的还没还呢,真赶不上喂鸡。"

我连忙接上口:"喂我啊!"

母亲呵斥道:"喂你个头,鸡能下蛋。"

村里人都说我是我家的宝贝疙瘩,可哪个晓得在家里我是个屎坷垃,母亲说我是渔船上的人送的,不是她生的。挨骂挨揍了,我就蹲在河边盼着送我的那条渔船从密密匝匝的芦苇丛中出来,把我接走。不过,没像别的孩子被扔掉,我还是很高兴。在棉花地桑树田桥头,我好几次看到没人要的孩子。这还是好的,有的人家生了女孩往马桶里一闷,就像屙了泡屎一样,然后埋在树下,多半是埋在柿子树枇杷树下。

那天,我在桥头又看见一只扎着红布条的篮子,老远就能听到嘤嘤的哭声。淡淡的臊味,淡淡的香味,还有淡淡的蛋黄般黏稠的生命的气味。一头舌头拉得老长的大黑狗坐在篮子跟前呜呜咽咽,燕子在空中水面滑翔飘飞,缠缠绵绵地啁啾,有只灰黄灰黄的老母鸡领着一群金黄色的小鸡在篮子边觅食。篮子里的小孩长着干干的土豆似的脸,像战士瞄靶一样睁一只眼闭一只眼,浅浅的眼窝里水汪汪的。我真想把她抱回家,可母亲交代过,要是我拾个孩儿回家去,就不要我了。她突然不哭了,冲着我微微一笑,嘴角张开成一枚小豆角。我吓得跑开了。

5

吃了早饭,母亲下地干活,我捧着海碗蹲在茅坑上边喝粥边屙屎,耳朵里灌满猪的哼哼哈哈和绿头苍蝇的嗡嗡嗡。就是在屙屎时我想到我不能在家等,应该到国华家附近转转。

没到国华家,我碰到了他。他牛喘气一样哼着不知名的小曲,那颗大红枣晃动得像拨浪鼓。

我喊道:"国华,国华——"

他斜眼一睨,对我凶巴巴地说:"人小鬼大,国华,是你喊的吗?"

我把海碗举到他跟前:"糖粥呢?"

他好像没睡醒,支支吾吾地说:"糖粥,糖粥,噢,糖粥……"

他就这样迷迷瞪瞪地从我身边走开,向晒场走去。

我跟他来到晒场,歪躺在麦堆旁。

大人们在打麦子,黑漆漆油光光的皮肤里横七竖八的肌肉,跟磨盘似的。他们粗鲁地干活,粗鲁地说话。

王大楞说:"有这么弟兄仨都是壮劳力了,三杆枪还没淬过火,实在熬不住了,凑钱买了个媳妇。老大出的钱最多,名分上算他的。三人按拿钱多少分天数,一月老大十五天,老二十天,老小五天。可没过上些日子,那婆娘不愿意了,说应该老二十五天,老小十天,老大五天。"

王老六说:"这婆娘恁厉害?"

王大楞说:"人家有理。"

王恩财说:"屁理,想新鲜呗。"

王大楞说:"不是。老大把钱都花光了,婆娘跟着他,白天下地干活,晚上还得当田让他耕。老二精呢,留了点钱,那十天尽做好吃的。老三嘛,在外头跑过,每天在床上都有不同的招儿。你们说那婆娘能不起义?"

王老六说:"恩财,你也说个事儿,热闹热闹。"

王恩财说:"说个捉鬼的,说有这么一个村子出了一个怪鬼……"

王大楞说:"鬼他妈的都怪。"

王恩财说:"这鬼怪就怪在手段再高的人都捉不到他,这鬼长得跟人差不多,奇的就是脸上就一张嘴。方圆百里的捉鬼高手一个个趾高气扬地来,灰溜溜地走。有这么一天,来了个要饭的。这人癞头豁嘴大麻脸,一身破了不能再破的衣裳像是挂在树丫上的尿布。瘦不拉叽的,你喘口气指不定就能把他吹跑。就是这样的一个讨饭叫花子说能捉到鬼。他怕没人信,把皮包骨头的胸脯拍得咚咚响说:'捉不到立马走人,挨一顿打也不怨,捉到了,嘿嘿,一家管我一顿饭就成。'村里人一合计,有一招没一招,都不亏,就答应让他试一试。他找来一口一人多深的大锅,让每家拿点吃的放进去,多少不限,但不能重样。然后,他把锅支在村头烧。从白天烧到夜里,釜冠一掀起,真他妈的香,锅旁的人的口水个个像尿尿。他吆喝大伙儿闪出一条道来,说是鬼要来了。没多大时辰,就听锅里呱嗒呱嗒声不断。他一盖釜冠:'鬼在里头了。'说完,他盘腿坐在釜冠上,浑浑的眼泪吧嗒吧嗒地直掉,说:'唉,我还不和这鬼一个样。'"

王老八说:"这讨饭的得了人便宜,还在这儿装慈悲,不是怕鬼跑了要他的命吧?"

王大楞说:"讨饭的命硬着呢,倒是国华的气儿快没了。"

王恩财说:"这婆娘刚生了,就上了?"

王大楞说:"他婆娘肚皮白白的,够味是够味,只是出不了好货。"

王老六说:"生个丫头也不错嘛,要不然以后的小子到哪儿找婆娘。"

王恩财说:"那你家以后生丫头吧,多为光棍汉做点贡献。"

王老六说:"妈的,让我家生丫头,你再生的孩没屁眼。"

直到这时王国华才开了腔:"丫头也不坏啊。"

王大楞说:"昨天还跟死人似的,今天就想开了?"

我听得出,他们都不喜欢女孩子。女孩子挺好嘛。梅丫是女孩,她对我最好,不打我不骂我,有好吃的都和我分,不像铁匠他们老抢我的。我喜欢她帮我掏耳朵,小手胖嘟嘟油润润的,在我耳边摩挲,像块玉又像条鱼。母亲说女孩能做她的小棉袄,想用弟弟换梅丫,我高兴得不得了,可我父亲说还是三个小子保险,害得我没得梅丫这个妹子。

6

国华家的五丫头——刚生下来一天半的五丫头,无缘无故地丢了。国华从晒场回去,五丫头就没了。他婆娘说喂饱奶后两人都睡了,醒来五丫头就不见了。

母亲边就着咸萝卜条喝玉粟糁儿粥边说:"骗鬼呀,那丫头还能自个儿走路?还能有人偷?倒贴钱都没人要,丢了也罢。米没用,也不还,屁都不放一个。"

我在想,快到嘴的糖粥又没了,不晓得谁家什么时候能生孩儿。

五丫头丢得蹊跷,但在村里没起什么波澜,就和平静的水面上冒了个泡差不多。

一个上午,我差点被太阳烤化了。吃了中饭,我去找铁匠耍子。

铁匠正在啃一块肉骨头,骨头上根本没有肉,全是他黏黏的口水。他家的大黄狗趴在他脚下,眼睛直勾勾地盯着骨头,口水像面条一样挂在地上。

铁匠父亲从屋里出来:"好了没?"

铁匠的舌头在骨头上又刮了一遍,咂了咂嘴说:"好了。"

铁匠父亲拿过骨头扔在绳圈里,那绳圈的一头穿过楝树垂着。大黄狗急匆匆地去叼骨头,铁匠父亲见狗头入了圈,一拉悬着的绳头,大黄狗就被吊起来了,四脚乱蹬嘴里嗷呜嗷呜在哼着。

这狗身上的毛金黄金黄的没一根杂毛,是铁匠家的宝贝,在村里没人敢碰,有了它门不用上锁,它还能到外村叼些鞋子衣裳回来。一次铁匠掉进水里,是它拖上来的。铁匠父亲说:"铁匠是他家的命根子,狗是他家祖宗。"

铁匠父亲提着雪亮的杀猪刀,迈着醉步走到狗跟前。狗眼睛睁得老大,好像还在掉眼泪,嘴里不停地吐白沫沫。

铁匠父亲摸了摸狗的耳朵说:"大黄,你的命不好,谁叫村长看中你的这张皮呢?"

我说:"铁匠,有狗肉吃了。"

铁匠嘴一撇,瞟着他父亲说:"屁,说要埋了。"

铁匠没狗肉吃,我的糖粥也没喝到。

我并不呆。我打好了怎样让疤眼王说出鱼饵的主意。

一身溜光的我,两手攥着没和鸡屎的烟丝满村子找疤眼王。找到时,他正跟狗似的在香麦寡妇门前转悠。我拃着他那黏不拉叽的袖子问鱼饵到底是什么,我说我有烟丝,他一脚把我踢得老远,连鞋子都飞了。鞋子比狗屎还臭,我拾起来扔过去,可惜没砸到他。我倚着墙角探出头,手抠着墙缝中的小草,看到了他月牙形的疤,看到了他眼里闪动的像狗瞧见骨头一样的色彩。

我说:"你是小偷,想偷东西。"

他吐出一大口黄黄的像稀稀的鸡屎一样的痰,说:"屁,东西有什么偷头?"

一只刚从水里上来的狗,飞快地跑过来,伸出猩红的舌头舔那痰,尾巴不停地摇晃。狗舔完了痰又咬疤眼王的裤管,疤眼王像刚刚踢我一样踢得狗嗷嗷叫着跑走了。

我晓得这会儿问不出鱼饵了,便紧贴墙从疤眼王身边向河边溜去。在经过香麦寡妇关得死紧的大门时,我听到了似鱼在水里蹦跳的哗哗的水声。

这时我才发现疤眼王脸上的肉和着水声兴奋地抽搐着,喉咙里像毒日下热得要死的狗一样响着咕叽咕噜的声音。

7

疤眼王失踪以后,我才知道他在村里根本就是一个屁,谁闻到了都捂着鼻子躲得远远的,闻不着了谁都不会念叨。王恩财倒是提到过一回,说是在邻村看到了一个像疤眼王的人,脸盘儿像,那块疤也像,但一身的穿着不像。那人西装革履,吸着带海绵嘴的烟,像是城里人。

母亲说:"王恩财长的是鱼嘴,净冒泡儿。"

我觉得那人就是疤眼王。我看过他穿西装。

那天下午,大人们都下地干活了,我看到疤眼王提了一塑料袋东西上香麦寡妇家去了,是香麦寡妇开的门。她从上到下把疤眼王看了好几遍,眼光最后停在疤眼王拎东西的那只手上。疤眼王进去后,香麦寡妇临关门时,还伸出头四处瞅了瞅,有点像做贼似的。

我等了好长时间,疤眼王都没出来。

这事我和谁都没说。我不说,这村里就没人会知道了。

铁匠家的狗被杀了,铁匠就没以前神气了,但他还是很聪明。他说,他家的大黄死得活该。

大黄挨杀的前几天,铁匠父亲就磨好了刀,买了一块生骨头煮熟了让铁匠啃了又啃后扔在地上,铁匠父亲趁大黄用舌头舔骨头时扑了上去,本来是能逮到的,没想到被一块砖绊了一下,大黄溜了。大黄也有脑子,看出铁匠父亲想要他的命,就不再围着人转了,躲得远远的。只要铁匠父亲步子迈大些,胳膊甩开了,大黄不是往外跑,就是朝床底下钻。大黄到别的村子里的次数多了,叼回的东西也多了,有一次还叼回来半瓶香油。

铁匠说:"大黄要是不吃骨头,我爸就抓不到它,抓不到,它就不会死。"

大黄死了,我高兴,铁匠不会再用狗来吓我了。以前,他总是让我从家里偷吃的东西给他,我要不睬他,他就叫大黄咬我。现在大黄没了。

大黄没了,铁匠还在。他块头比我大,拳头比我大,力气比我大,但他跑不过我。他想打我时,我就跑。

后来,他自己变成了一条狗。我和他说:"给你东西吃可以,你得帮我做事,有谁欺负我,你要替我打他。"

铁匠说:"只要有吃的,我听你的。"

我的日子好过多了,可我还是想找到疤眼王,可是我永远找不到他了。

在某一天,大概是深夏的一个残阳如血的下午,全村的大人们都在说疤眼王,因为我还没问到鱼饵,所以听得比较仔细。大概是这样的:

疤眼王偷干起贩毛鱼秧的勾当,一天夜里头,他拎着一只特制的装有毛鱼秧的桶坐在摩托车的后座上。开车的是他的合伙人。离开龙港村没多久,后头响起了刺耳的警笛声,开车的没命地加油门,摩托车像条疯狗在乡村公路上狂奔。突然开车的发现前头有条黑线,慌忙头一低。又开了二十多里地,四周安静下来了,开车的回头一看,没头的疤眼王拎着鱼桶,颈部的断痕像风干后的猪后腿。开车的把他往路边的沟里一扔,兀自带着桶走了,似一条鱼溜进了如墨的夜色里。

过了一些天,又有人说在沟里头看到了疤眼王的头,已被蛆子吃成了白骨。那蛆子白白的肥肥的,真像毛鱼秧。

金色裸女

阿夏走在路上,迎面来了个人,他认识的。

那人笑嘻嘻问:"阿夏,你爸呢?"

阿夏说:"在家困觉。"

那人笑嘻嘻地说:"怕是睡错床了吧?"

阿夏说:"没!"

那人笑嘻嘻说:"日头怪毒的,回家吧!"

阿夏说:"我不想回家,我要多走走。"

那人笑嘻嘻地说:"这路是人走的,不是你走的。"

阿夏说:"我就是人。"

那人已走到了阿夏跟前,还是笑嘻嘻的。他的身后是温暖的阳光,阿夏就是想走到阳光出生的地方。阿夏的面前多了个斧头,亮亮的,如晚上的月亮。多好看啊!阿夏想,要把斧头磨成这样,得花多少力气。

一道银光划过,就像天上的流星。

那人扭头走了,两手空空地甩着。

阿夏弄不明白:"你的斧头呢?"

那人没转脸:"丢了!"

阿夏想不起这人是谁了,刚才还记得的。他抬头瞧瞧太阳,好看着呢,什么色儿都有。阿夏站在麦地里,麦子金黄金黄的,有许多金黄金黄的鸟儿在金黄色的海面上嬉戏。麦子们垂着头,忸忸怩怩地晃来荡去,鸟儿们欢欢喜喜地逗着麦子。麦地的尽头是绿绿的河柳,细细的长长的,真像姑娘的一头长发,有许多亮光在柳枝里跑来跑去,它后面是金黄色的芦苇。阿夏能听到河水和鱼在热乎乎地说话。

这人到底是谁?他低下头又想。他想事儿时好摸脑门,一摸脑门,没有他想不到的事儿。他摸了脑门,发现原来光光的脑门上多了样东西。拿不下来,他跑到桥头朝河里一照,一把斧头正插在脑门上。他刚想再去碰,斧头掉进了河里,同时掉进河里的还有他的半边脸。河里溅起房子高的水花,不是白色,是鲜红鲜红的……

"哇!"他大叫一声。

扑通,阿夏滚下了床。

这样的梦,阿夏做了好多年了,头一回好像是五岁那年,现在他都十五了。

阿夏刚生下没几天,他妈就死了,他懂事后,他爸不止一次对他说:"你害人哪,手上落了两条人命,一条是你妈的,一条是我婆娘的,作孽啊!"

阿夏生下时,一身的青色,活像条大青鱼,左脸像被生生地剜了一块,好像个碗口大的洼塘,右腿比左腿短一截。老人说,阿夏不想投胎,硬被打得半死才来的,你瞧,脸上少了一块,腿也让打短了。在村里人看来,男人,只要有力气能干活,女人,只要能生娃会持家务,生得好丑全一样。阿夏长得丑其实不算什么,关键是他长得不像人样。"让你生个像阿夏一样的儿子",是村里人骂人最恶毒的话。

这样一来,村里的大人不拿正眼看阿夏,也不许自家的小孩和阿夏在一块儿。打小,阿夏就是一个人。人家的孩子上学了,学校不要他,再说他爸也没钱供他念书。大人小孩都爱唤狗咬他,狗汪汪地狂叫,他没命地逃。两条腿不一样长的阿夏,跑起来颠颠歪歪的,姿势比狗还难看。人家笑啊笑,个个笑得直不起腰,脸上的筋鼓得跟柳条似的。吃晚饭的时候,大人们会骂阿夏:"这狗日的,咋那样跑?看看,多吃了一碗,缸里的粮食矮下去半截,这狗日的!"

后来,阿夏学会了爬树。村里的树多了,有楝树、槐树、柳树、泡桐……村子里除了庄稼,就数树最多。谁家屋前屋后没有树?不是一两棵,而是大大小小高高矮矮十来棵。桑树也有,长在庄稼地里,村里人当庄稼看。

有树好啊。外人来村里串门,树是最好的向导,一问,就有人遥指某棵树说:"喏,树最高的那家就是。""瞧见了吧?他家屋后头有棵三杈头的槐树。"

村里晒场边上长了模样最怪的一棵槐树,从地面向上两米的树干直直的粗粗的,得三个大男人才能抱住。再往上就分成了三根枝杈,两根直朝上像伸开的手指,一根和它们分开了,斜得远远的。再往上时,它们又走到了一起,撑起了一个大大的树篷,在下面摆四五张桌子吃饭都不带晒到太阳的。

阿夏爬树比走路利索多了,蹭蹭就上去了,村里没有比他强的。会爬树的阿夏不用再怕狗追了,就近上树,躺在树杈间歪头看地上的狗,这回轮到他笑了,那些想看笑话的人只能骂骂咧咧地走开。

阿夏最喜欢爬槐树,因为他爱闻槐树的香味。槐树刺多,村里人都不招惹。阿夏不怕刺,身上戳满了刺也不觉着疼。到了槐树开花的季节,他天天中午爬到晒场边的那棵槐树上睡觉。黑黑的树枝,白花花的槐花,香喷喷的味道。有的时候他从树上掉下来都不晓得;有时候,他不瞌睡,就双手枕头跷起二郎腿,晃着那短腿,打量打量树。他最好透过树枝和槐花看天看阳光。天蓝蓝的,像块大绸布。阿夏想,谁要是做他老婆,他就扯块这样的绸缎给她做衣裳。别的村子,他从没去过,光他们村里就有许多好看的姑娘,最漂亮的是铁匠家女儿。村里人都这么说。阿夏看不上,哪个姑娘也不好看,不好看,好看的肯定不是这样。虽然,他不晓得好看的究竟是什么样子。

夏天,人们在家门口乘凉的少。晚饭后,人们悠悠地向晒场流动,最先到的是小孩,然后是老人,然后是汉子,最后才是各家操持家务的女人。人们按各自的喜好脾气自由地组合成一个又一个小圈子。躺椅之类的是没有的,全是清一色的小板凳。男人们烧着烟锅,女人们纳着鞋底,孩子们则在人堆和草堆间乱窜。夜色抚摸着村人的疲惫,晚风吹拂着老人的皱纹和年轻人的心灵。没有灯光,大家却彼此看得到对方。

村里的事、村外的事、鸡零狗碎的事、陈芝麻烂谷子的国家大事、现在的事、过去的事、将来的事,都由村人用语言、手势和唾沫在晒场上上演。大家只是说,你说你的,我说我的。不唱对台戏,不抬杠。说得最多的还是自家的事。男人道自家盖房置家业之类的事。女人说自家的男人、孩子,她们爱笑,笑得像风中的垂柳浑身发抖。她们的手和鞋底一样粗糙,干枯头发里夹杂不少和她们手中的白线一样的白发,她们的许多话让姑娘家垂下红红的脸蛋。那些出过远门的,把那点早已嚼得烂如淤泥的所见所闻如牛反刍一样再吹一次。没人生烦,都表现出极大的兴趣,好像是头一回听。新鲜着呢!

正常情况下,老人们多在说古,年轻人在谈论未来,女人们则是家长里短。结了婚的打情骂俏,小伙子姑娘家竖着耳朵一字不落地听,绝不插话。人们说话的声音时高时低,如同在风中晃动的电线。笑声有的是,弱时像河边悠悠摇摆的芦苇,强时似哗哗的流水。也有几个女人脑袋凑在一块,如白天晒场上空的麻雀一样叽叽喳喳。孩子们是风筝,母亲的话语是牵拽的丝线。"二子,钻哪儿了?""拴子,夜里别进草堆。""狗蛋,你看你,鞋呢?"这些话,时不时像蛇一样在晒场上游动。奇怪的是,她们没有拿眼看,就知晓自家的孩子在晒场的哪个角落在干什么。

阿夏只能和老人们在一起,别的人圈儿容不得他。不过,让他选,他是愿跟老人们待在一块儿。老人们有说不完的故事——将相王侯神仙鬼怪,更多的是先人的奇闻逸事。老人们嘴里牙全的不多了,说话禁不住漏风,加之年岁大了,呼吸也费劲了,一喘一喘的。神色飞扬的脸上,挤满了沟壑般的皱纹。阿夏会听得很专心,这让老人们高兴。老人们一高兴,就能说得更带劲,阿夏又听得更着迷。

桥头铁匠奶奶有全村最好的一根旱烟,烟袋上绣着一大一小两朵荷花,一不留神还以为是现摘下的。烟锅是黄铜的,在月光下显得神神秘秘的。她说古时总冲着阿夏,好像专门对阿夏说的。

阿夏不管这些,谁说的他都好好听,一听就忘不了。老人们可就不同了,这日子久了,那些故事就跟乱麻一样混在一起,扯这根,那根动了。

阿夏发觉错了:"不是这样的,你上回不是这样说的。"

铁匠奶奶可是村里最能说古的,肚子里的故事比她脸上的皱纹要多得多。她每回总是同一个开头:"想当年,哪有东台哪有三仓乡哪有朱家湾村,这里全都是一人多高的茅草……"村里四十岁往下的男男女女都是她从娘肚里拽出来的。谁有了病,不用吃药,找她掐掐筋就能好。在村里头,谁都不敢跟她顶嘴。得罪不起啊!

"你这孩子,我说还是你说?"铁匠奶奶在鞋底上磕磕烟锅,两眼斜吊着。

阿夏说:"你说的我都记住了,你说岔了。"

铁匠奶奶说:"去去,你这孩子不讨人喜。"

日子一长,阿夏就没故事听了,他只想老了以后,有人能听他讲,到时候,他保准说得头头是道。

这时候的阿夏,下巴上有了胡子,嗓子也沉闷起来。这么大的晒场,居然没有他阿夏待的地方。

阿夏吃过晚饭后蒙头睡觉,到了后半夜他上晒场去。人家全回家了,阿夏一个人在晒场坐坐走走说说想想。月亮、天空、树木、虫儿……只要他能想到的,都是他的听众。有时,他干脆躺在高高的软软的草垛上对着星星说。

白天的晒场上,小孩子们在窜,白的黑的黄的狗在跑,公鸡母鸡小鸡在跳,瘦鸭子肥鸭子不瘦不肥的鸭子在晃,麻雀鸽子和那些不知名的小鸟在盘旋,七彩的蝴蝶绿色的蜻蜓白花花的芦花在飞,金色的麦子金色的稻子金色的玉粟在闪耀,驴子在喘老牛在哞哞叫。

晒场真是热闹非凡。说笑声麻雀叫声打谷声……声声入耳入心——乡村特有的旋律。年轻的男人在干活,上身赤裸,胳膊粗壮,肩背厚实,肌肉直爆。肤色是古铜色的,阳光下,那上面爬满了蚯蚓一样的汗水,粗粗的,是银色的,晶晶亮。阿夏再热也要穿上褂子,万万不能脱了,要不然那一身的骨头能吓死人。长这么大了,他的皮肤还是青色的,有点像那青砖,难怪村里人都叫他青鬼。

一个下午,阿夏总是心神不宁的。他爸再怎么吼,他也不能把活干好。阿夏老惦记着村前的大河,想去看看。

"爸,我要屙屎!"阿夏等不得了。

他爸气得发抖:"你这个狗娘养的,懒牛上场尿屎多。"

阿夏慌不迭地一溜小跑,见他爸没瞧他,就直奔河边了。几只蜻蜓追着他,几只麻雀叽叽喳喳地唤他。他没空逗它们。路两边的地里竖着寸把高的麦茬,不少的麻雀和一些不知名的鸟儿在找食。有几只不知道是在玩耍还是在打斗争食,反正搅成了一团。

铁匠奶奶颤巍巍荡过来,像是从楝树上飘下来的一片叶子。其实在阿夏眼里,她那双小脚就是两片叶子。

"阿夏啊,阿夏。"铁匠奶奶的声音还是像风中的叶子。

阿夏走得更快:"奶奶,我有事嘞!"

"这孩子……"铁匠奶奶以为阿夏是找她的,好几个晚上,没见到阿夏听她说古,她老觉着心里不踏实。

阿夏从铁匠奶奶身边过时,一股烟味害得他打了几个响亮的喷嚏,最后一个出不来了。往常,他会仰起头,把鼻孔朝太阳,再不然就找根草捅捅,可这会儿,他顾不上了。他要快点走,因为他觉着自己应该快些走。

离河还有半里地时,有个小孩边跑边喊:"有人落水了!"

等他到了晒场叫上大人们回来,河里的人恐怕早灌饱水了。阿夏忙问:"在哪儿?"

那孩子脸上虽是泥水,但盖不了因惊吓而来的神色:"桥下头!"

"你去喊人!"阿夏跑得飞快。

村里人拥到桥头时,阿夏瘫在河边,那个被从河里捞上的孩子已经回过神了,呆呆地看着像死狗一样的阿夏。

一个女人上来一巴掌扇向那孩子:"你个死鬼,被水鬼拖走了才好呢!"

那孩子依然呆呆地看着阿夏,好像那一巴掌就是一阵风。

"啊呀,我的儿,"这女人一把把孩子搂进怀里,"儿呀,吓死你妈了,你要有个三长两短,我可怎么活?"

那孩子还是愣愣地看着躺在地上的阿夏。

那女人不停地亲着儿子的脸蛋:"儿呀,回家去吧,妈给你做好吃的。"

没事了,没戏看了,人们如云一样散走了。刚才还是吵吵嚷嚷的河边,一下又静了下来。

阿夏太累了,刚才到河边时,小孩已开始下沉了,跳进河里抓了小孩,游到了河边,小孩子爬上了岸,他却被水草缠住,弄了好一会儿才离了水。累啊,阿夏昏昏的。人们来,他不知道;人们走了,他也不知道。阿夏像是被弃在河边的一条死青鱼。

河水清清的,能看见鱼儿在芦苇根边嬉戏,岸边上是被人踏倒了的芦苇,阿夏身上的衣服已被晒干了,黑黑的淤泥也成了灰色的。芦苇中一种叫芦柴儿的小鸟叫得欢欢的,树上的知了叫得让人心烦。河面上有轻风拂过,似一只温柔的手。这里有芦苇的味儿,有柳树的味儿,有鱼的味儿,有淤泥的味儿,有蚯蚓的味儿……味儿太多了,但都有淡淡的香气和湿气。

"儿啊!"阿夏听到一声呼唤。

他浑身来了劲,陡然站了起来,可四周没人,只有芦苇在微微晃着,几只燕子在河面上滑翔。阿夏上了桥,四下望了又望,真是没人。水里映着桥的影子,被鱼划开了许多裂缝。有只燕子贴着水面飞,贴得那么近,好像是浮在水面上,一会儿又飞高了些。这燕子就这样在水面和空中来回地滑。

阿夏又回到了晒场,人们还在各做各的事,他爸一扁担摔过来:"你掉茅坑里了?"

他爸的声音大得不得了,可大家都像没听见一样各干各的活儿。阿夏也没出声,他在想,刚才到底是谁在叫我,是个女的,声音柔柔的。是在叫"儿啊"还是"阿夏"?阿夏越想脑子越乱。

阿夏的背上重重地挨了一扁担,火辣辣的,像被一块烙铁烤着。

要过年了,家家户户忙活起来,最热闹的还算阿夏家。过年要贴春联,大门、房门、灶头,就连猪圈羊圈牛棚鸡窝都不能落下。阿夏大字不识一个,可他能写一手好字。人家拿来红纸和要写的字找上门:"阿夏,帮写个对子。"

阿夏他爸坐在一旁,什么也不说,人家递烟上火。

"你可得了好儿子,这字写得……啧啧……"

"阿夏这孩子的聪明劲儿,谁也比不上!"

"阿夏……阿夏……不赖!"

阿夏要写上好几天,写得手酸了腰疼了。大年三十晚上,全村都是阿夏的字。这时候,阿夏才开始写自家的,写一副贴一副。

到了大年初二,阿夏穿戴齐整地出门。一个村子的对联都出自他的手,红红的纸添了喜气,黑黑的字给阿夏长了面子。阿夏一家一家地过,人家瞧见他来了,拉孩子的拉孩子,关门的关门,阿夏晓得这是在躲他,怕大过年的有晦气。阿夏不晓得是不是人家把他写的对子拿回家后,都要用香熏上半天。他才不在乎呢,对联照看不误,那神情像在检阅一支骁勇善战功勋卓著的军队。他的字,是大家公认的好字,只要出自他的手,没人说差的。阿夏明白,他写得有好有坏,这好坏和这人家的姑娘长相一个样,他是照着姑娘的长相写的。这只有他看得出来。当然了,那些无儿无女的人家,阿夏写得最好。

阿夏看得仔细,一个村子走下来,花了一整天,中午饭没吃,也不觉着饿。回到家,他爸不在家,又到香麦寡妇家去。香麦寡妇家男人死了好几年了,有个和阿夏一样大的女儿。村里人都知道,阿夏他爸和香麦寡妇好上了。一个走了男人,一个没了女人,两人凑在一块儿,也没人说什么,可阿夏心里生了疙瘩,几次想劝劝他爸,都没敢开口。今天倒可以说说,大年初二,他爸不会打他的,至少不会朝死里打。

他爸进门时天已大黑,阿夏是先闻到酒味后见到人的。

"爸!"

"嗯!"

"想和你说点话儿。"

"我也有事和你说呢!"

"你是爸,你先说!"

"过年,你先说。"

"爸,你又去了?"

"嗯!"

"那女的长得又不好。"

"好的,能摊上我?"

"不好,还不如不要。"

"你懂什么?"

"你真看上她了?"

"嗯!"

"那把她娶家来,省得……"

"娶?你懂什么?"

"你真看上她了,就该娶嘛,偷偷摸摸的多闹心。"

他爸随手抡起了铁锹,喷着酒气。

"今天过年。"

他爸放下了铁锹:"是过年,别跟我放屁了,我和你说事儿……你也老大不小了,该有个女人了,就要香麦家丫头,秋后给你们成亲。"

阿夏一点也不喜欢香麦家丫头,脸盘上到处是麻子,身子跟个冬瓜似的,说起话来嗓子眼里全是火,是个鸭嗓子。这些,阿夏还能忍过去,看到她故意搔首弄姿的样子,阿夏就反胃。

阿夏摇摇头:"我不要。"

他爸说:"不要也得要。"

阿夏说:"她长得不好。"

他爸说:"配得上你。"

阿夏说:"不要!"

他爸说:"不要也得要,我是你老子。"

阿夏说:"你是想我们成亲了,你和香麦不用成亲也能天天在一起了。"

他爸说:"妈了个巴子,你脑子怎么跟你的身子一样?"

还好,他爸没打他。

阿夏坐在兀槛上。兀槛很高,小的时候,他常在跨时栽跟头,好多回都想用斧头把它削平了,但没这个胆,要是他把兀槛削平,他爸不能饶他。这村里房子有高有低有好有坏,可家家的兀槛都是高高的,用的还是上等的木料。阿夏的眼前是一棵楝树,高高大大的,没多少杈枝。以前是他爸修枝,这几年交给他了。有棵好树,这人家才有脸面。这理儿,阿夏懂。秋天,阿夏把一地的楝树果和叶子埋在树下做肥料。有人精心照料,树长得旺盛,树干挺直,树叶碧青,在阳光下冒着油光,挂满枝头的楝树果像一串串葡萄。曾经有人要买下它,阿夏他爸没答应:"我卖了阿夏,也不卖它。"阿夏心里说:"喊,没有爸,也不能没这树。"以前,树上是有鸟窝的,可他爸嫌烦,鸟筑一个,他捣一个。他爸看不得窝里的鸟儿卿卿我我的样子。这不,他家里也没燕子窝。村里的许多树他都上过,但这棵树他从来不爬。树上有两只麻雀,都是灰黄色的,和阿夏头发的色一个样。它们叽叽喳喳地叫个不停,阿夏就听到了一首美妙的音乐。

发什么呆?还不耕田去,阿夏他爸的声音真大,两只麻雀吓得扑棱棱地飞跑了,有一根羽毛在空中飘,流成一条金色的线。可眼前流畅的弧线一下子扭曲了,阿夏疼得不由自主地站了起来。他爸拎着他的耳朵,好似提着一个猪头。阿夏死死地咬着牙没有吭一声,不能吭的,要不然,那只手会更加用力。阿夏等他爸松手后,才收拾家伙准备下地。

阿夏说:"要落雨了!"

他爸说:"落你个头,天好着呢!"

扛起犁,牵着牛,阿夏走在田埂上。他得在太阳下山前犁完那一亩地,要不然,晚上回家饭没得吃,还得挨顿揍。没多会儿,天边泛起了黑压压的云,是要下雨了,阿夏照旧犁田。

阿夏犁完田回到家,浑身上下都在滴水,像刚从河里捞上的鱼,嘴张着,呼吸一顿一顿的,黄色的头发稀稀拉拉地贴在额头上。

阿夏的高烧整整发了三天三夜。第一天,他爸没当回事儿;第二天,他爸没理他;到了第三天,他爸耐不住了,把烧得迷迷糊糊的阿夏背到铁匠奶奶家。一路上,他爸不住地骂:"杀千刀的,死沉死沉的。"铁匠奶奶掐了老半天的筋,手也抖了老半天,末了,她拍拍阿夏的头,冲着阿夏他爸说:"背家去吧,明早就缓过来了。"这天晚上,阿夏他爸哪儿也没去,整夜守着儿子。后半夜困了趴在床沿就睡着了。

第二天一大早,阿夏真的好了。阿夏下了床趴在水缸边,咕噜噜地喝饱了水就坐在兀槛上揉肚子喘气。他爸憋了一夜的尿醒了,儿子不在床上了,看来是好了。他得先撒尿,眯缝着眼出门时,活生生地摔了个大跟头,嘴里含了颗门牙。

"僵了?"他爸呸了一口,那颗门牙混着血水落在阿夏脚前头,"老子的半条命丢了,我要死了,你还活得成?"

"爸,树没了。"阿夏记得门口有棵树的,还是楝树。

"树你个头,我的牙没了。"他爸咧咧嘴。

"我家的树呢?"阿夏仰起头看他爸。

"你看你的眼,成兔子了。"他爸的眼前是一双红通通的眼。

"谁偷我家的树了?"阿夏手指着长树的地方。

他爸斜了一眼,树还是那棵树,还长在那儿:"啊呀,脑子烧坏了啊!"

阿夏凭着印象向树的方位走去,一头撞在了树上,树上的楝树果噼里啪啦往下掉,好几颗砸在阿夏的头上,又蹦出去老远。阿夏看着楝树果在地上打滚,个个青绿色中间冒出白斑,和铁匠的癞头差不多。双手摸了摸,是啊,树在呢!我怎么瞅不着呢?阿夏四周望了望,除了这棵树,什么也没少,屋后头的树也全在啊。

村子的前头是一条大河,又宽又长,两岸的芦苇密密匝匝的。这里是鸟儿、野鸡、野鸭的天堂,它们的鸣叫是一首首婉转动人的歌谣。阿夏时常蹲在岸边看它们飞来飞去,看它们觅食淘气,看它们互相啄羽毛。有时候,他也扔块土块想让它们飞走,飞得老远老远的,最好飞向蓝了又蓝的天边。可它们在空中打个旋儿又钻进了芦苇丛中。水里的鱼儿,有青的有白的有黑的还有红白相间的,阿夏会看着那青青的草鱼发呆。他晓得,他脱光了衣服就是一条大大的草鱼。那就脱光了吧。阿夏有时就扎进水里游啊游,怎么游也不累,真不想上岸。阿夏真想变成一条青鱼。

阿夏试了试水,太冷了,身子还虚着,不能下水了。他就沿着河向西走,岸上有路,可他偏偏在芦苇里钻。拨开芦苇,惊动了鸟儿们,阿夏听到了芦苇滋啦啦的声音、鸟儿飞的声音和脚踩在芦苇根上发出的噼啪声。他身上穿的是青色的衣裳,一年到头,他都穿这种色的,其实,他也就两三身衣裳。穿着青色衣裳的阿夏,像一条大青鱼在芦苇里游动,又像青色的大鸟在芦苇的天空中翱翔,那划动的衣袂如同翅膀。阿夏自在极了。阿夏真想永远这么样下去。

阿夏走上岸时,已到了村子的最西头。有三间屋,黄色的泥墙,黄色的茅草,屋前是绿色的小树苗,屋后是黄色的油菜花,许许多多的蜜蜂像是在下一场金色的大雨,扑来的花香又像乱舞的蜜蜂一样。这里,阿夏好久没来过了,什么时候有了这屋子,他当然不知道。以前,这里要么是一大片的油菜花,要么是绿油油的麦子。阿夏离屋子有一二百米远,本想走近些,但不晓得是谁家盖的屋子,就远远地望着。

这时是傍晚时分,西边的天空已染成了金色,是阿夏最想有的男人的那种肤色。红云一大片一大片的,像无边无际的棉花地,有许多光柱从云端里斜插下来,那片天空成了一座金碧辉煌的宫殿,其他的天空则是宫殿的帷幕,一个巨大的五彩斑斓的幕布。一些鸟儿在它上面自由自在地滑翔,身子是黑色的,羽毛却金色透明。阿夏的身后是错落有致的房屋,而眼前只有这三间屋,屋顶上粘着数不清的鸟儿,似一条粗大的金项链。少数的茅草指向天空,更多的是服服帖帖地伏着。红砖砌成的烟囱中,有炊烟扶摇直上,就像一个金色的拐杖,悠悠地消失在又一片金色里。这是一片金色的世界。

从屋里走出一位老人,阿夏没见过。老人撒着玉米粒儿,一群鸡兴奋地吃食。一条油黄黄的狗趴在墙根下,一动不动。

老人又回了屋,出来一位裸女。她一丝不挂,晚霞让她罩着一层金色的薄纱。一头长发跳动着金色的光芒,修长的身材,让阿夏想起了他写得最好的字——匀称、舒展。她的脸,阿夏看不清,但那美艳他记住了。

阿夏一身的血液都在哗哗地骚动,如同大雨过后急流的河水。燥热、恐惧、惊慌、迷狂……阿夏没敢多看下去,从那裸女出现到阿夏扭头落荒而逃,仅仅是一抬腿的工夫。阿夏顾不得跑起来多难看了,这是他有生以来跑得最快的一次。背上奇痒,那是裸女的目光扎着阿夏。

太热了,太热了,阿夏喘着粗气,嘴张得像条被扔在岸上的大青鱼。喝下去几大瓢凉水,阿夏嗓子眼还冒烟。他顾不上许多了,跳进了河水不停地扎猛子,在水下待到透不过气时才上到水面。

阿夏不知道自己是什么时候上岸的,晚饭吃了没,怎么上床的。早上起来时,他只记得梦中处处金色的。喝饱了稀粥,他爸让他挑水浇田。阿夏一天都在挑水浇田,一天不知摔了多少跟头,到了下午那水桶终于被摔成了一堆木板。他爸就用木板打他,一块打两下,木板用完了,他爸已是上气不接下气。阿夏从地上爬起来箍桶。

晚上，阿夏睡不着了。到了半夜，他悄悄地起身，悄悄地开门，他看到了那棵楝树。月亮藏在树叶里，树叶搂着月亮。阿夏倚树坐下，面前是被月光浸淫的芦苇。芦苇在月光和水汽中优雅地散步，头顶上的芦花浮着银白的肤色。阿夏卷起裤腿，腿上是暗褐色的，像刚从秧田里抽上来的泥腿子。他再抬起头时，眼前变成了金色，那个裸女站在金色的芦苇丛中。

第二天早上，阿夏他爸推开门，看到阿夏抱着楝树睡得很香，嘴边挂着口水，胸襟上湿湿的。

他爸踢了一脚，阿夏就醒了。

"爸，我看见树了。"

"你魂丢了？"

"爸，西头盖屋了？"

"嗯！"

"哪家的？"

"前一阵刚搬来的。"

阿夏后悔没好好看那裸女，恨自己胆太小，看看怕什么，又不是我想的，是人家自动跑出来的。阿夏决定再去一次，这一次一定要看够，还要记清她的脸，最好还是不穿衣裳，要是穿上了衣裳也不打紧，可以和她说点话。

屋子还在，阿夏躲在一棵树后，一个老人出来了，又一个老人出来了,看得出他们是老两口。阿夏守了好几天,都没再见到那女孩。早上没有,上午没有,中午没有,下午没有,傍晚没有,夜里没有。在这中间,他反复回忆,是不是看错了,别是村里哪家的姑娘。他把村里的姑娘想了个遍,不是,绝对不是。为了证实一下,他又把村里的姑娘挨个儿瞧了一遍。不是,绝对不是。村里的姑娘全不如那裸女美,身条儿也差多了。他到铁匠家时,铁匠正挥着大锤打镰刀,铁匠家丫头在拉风箱,披头散发的,就像炉里的火苗。"去去,这打铁是你看的吗?"铁匠瞪了阿夏一眼。阿夏没理他,细细瞅了瞅那丫头,冷笑一声颠开了。听不到打铁声了,他说:"那丫头,跟块铁疙瘩似的。"阿夏满村看姑娘,招来了村里人的笑话。有姑娘的人家,骂他没规矩;没姑娘的人家,说他想女人想疯了。

阿夏他爸看看阿夏嘴边上黑黑黄黄的胡子:"不是说了?秋后给你成亲,这点日子你都熬不住?"

阿夏说:"没,我才不和香麦家丫头成亲呢。"

他爸说:"我的儿子,我还不晓得?你可别惹别人家的姑娘。"

阿夏说:"送给我,也不要。"

他爸说:"我可说了,记不住,出了什么乱子,把你腿打断。"

他爸说完,将手里的山芋掰成两半,脆生生的音儿吓了阿夏一跳。阿夏拿过半截山芋,在袖子上揩了揩就咬开了。他狠劲地啃狠劲地嚼,不时地盯盯他爸。

他爸说:"做饭去,我出去转转。"

阿夏说:"去就去呗,又没人拦你。"

他爸打了一下阿夏,打在头上,但不重,等于抚了一下。

阿夏往灶里填玉米秸子,太多,一股浓烟冲在他脸上,呛得他眼泪鼻涕一涌而下。重新生着了火,他一次只填进三四根秸子,火旺了,秸子由黄到红到灰,火苗像蛇信子舔着锅底。渐渐地,火苗变得可人起来,好像是那裸女在翩翩起舞。阿夏就这样边烧边看,水烧干,锅烧红了,他浑然不知,直到锅盖冒出焦煳味,他才如梦方醒。

阿夏守不住了。

这天,阿夏特意穿了那件最干净、补丁最少的衣裳来到屋前。他专门挑在黄昏。

"你是谁呀?"问话的老人是一个与铁匠奶奶一样老的奶奶。

阿夏说:"我是村里的阿夏,你是谁呀?"

老奶奶问:"你干吗?"

阿夏说:"我不干吗!"

"谁呀?"老爷爷从屋里出来。

老奶奶说:"他说他是村里的阿夏。"

老爷爷说:"有什么事儿?"

阿夏说:"没事儿。"

老爷爷说:"没事?"

阿夏说:"你家还有人吧?"

老爷爷看了看阿夏,又看了看老伴,再看着阿夏:"没啦!"

阿夏一惊:"没啦?"

老奶奶说:"没啦!"

阿夏说:"我前些日子望见一个女孩……在你家的。"

老奶奶说:"哪有?真有就好喽!"

阿夏走了,隐隐听到老爷爷说:"这孩子,该有个媳妇了。"

怎么会这样呢?阿夏身后的油菜花被阿夏踏倒了一大片,一条金黄色的小路在延伸,只是不直,呈蛇形状。

尖叫的河

1

朱富贵是在后半夜听到河里传来尖叫声的。

朱富贵的耳朵很尖,能辨别出村庄里所有的声音,就是虫子们的叫声,他只要听一声,就能听出是什么虫子。在之前,他听过河里各种各样的声音,比如水的流动,鱼的冒泡,芦苇在水中摇晃,河底淤泥的活泛……可这一次的叫声,十分地特别,之前他从没有听过。这声音很陌生又有种说不清的熟悉。声音不是从河底传上来的,也不是漂在水面的,而是从河中间划过。不是鱼在游,不是水在流,其他什么都不是,就是河自己发出的叫声。是的,朱富贵听出来了,这河就像人一样,睡到半夜做了个噩梦,人叫了一声。

河叫了,这是相当恐怖的事,朱富贵是应该害怕的,可他一点也没被河的叫声吓着。他在想,这河怎么会叫的呢?

朱富贵是做了个噩梦吓醒后,才到河边来的。从小到大,门前这条河,一直都是他最好的朋友。心里有事,受了委屈,有什么事想不通,当他需要知心朋友倾诉时,不管什么时候,他都坐到河边,静静地看着河。他不需要说什么,因为他觉得河会知道的。

以前,他都是白天到河边的。这天晚上,他半夜醒了,实在是睡不着了,就悄悄来到河边。这是他第一次睡不着。夜里的河,很静,就像睡着了一样。这条河有七八米宽,河水缓缓向东流,一直流到大海,至于河的西头是从哪儿开始的,朱富贵不知道,全村人都不知道。白天的河,许多时候就像村里的晒场,什么声音都有。以前,他在夜里也来到过河边,有时是捉鱼,有时在晒场上看完电影,回家时在河边待一会儿。河里时而有鱼游动的声音,时而有小鸟从芦苇间飞过,发出扑棱棱的声音,可他从没有听过这样奇怪的声音。这声音一直在他脑里回荡,渐渐地感到十分地亲切,甚至好像是有人在呼唤他,河里怎么会有人呼唤他呢?不可能的啊!又像是河受到了惊吓发出的尖叫,可谁会在深夜吓唬河呢?朱富贵望着河想啊想,盼望着河再次发出尖叫。

朱富贵在河边一直待到天亮,可再也没听到河尖叫。

"富贵,富贵,你又死到河边做什么了?"富贵父亲从屋里走到门前,冲着河边大喊,"哪天你干脆下河别上来,就和河做伴吧!"

河面不知什么时候升起的雾,一直漫出河岸三四米。朱富贵起身揉揉坐得发麻的腿,慢腾腾地往家走,渐渐地离开雾的怀抱。

他和河的秘密,他都不会轻易告诉别人的,而河尖叫这样再隐秘不过的事,他更不会说。

朱富贵的父亲朱国书,长得五大三粗,嗓门倒很细,几乎从不说粗话。多半时候,他舍不得骂朱富贵。朱富贵犯了什么错,他只是轻声细语地讲道理。让朱富贵想不通的是,父亲不喜欢他到河边,但又不禁止,只是说的话比平常重些。重归重,朱富贵知道父亲还是很关心他的。就像这天早上,父亲的话听起来像是在训他、咒他,其实是心疼他晚上又没睡好觉。他把父亲与村里所有孩子的父亲做过比较,发现自己的父亲是全村最好的父亲。这话,他没告诉过父亲,因为他也把这当作秘密。相反,父亲以他为荣,他是知道的。他学习好,家务活做得好,种地也是一把好手,这对儿岁孩子来说,是很不错的了。

2

今天是星期天,朱富贵要去放羊。他很想去做锄草浇水之类的农活,可父亲不让他干,说那太辛苦。他父亲还说:"放羊好,不要费什么劲,还可以想想学习上的事。"一心读书,谋个好前程,是父亲对他最大的心愿。村里能放羊的地方不多,河边、村北边的大土围子和村西头一块荒地。以前,他多是到土围子上去放羊,那里站得高,可以看到村子里的一举一动。今天,他把羊赶到了村东头的河边。他家门口的河流到这儿,分成了两条,一条向东,一条拐弯向北。站在这儿看,整个村子就像躺在河臂弯里的孩子。老人们说,朱家湾这名字就是这么来的。也有人说,朱家湾村原来是叫朱万村,意思是这个村子里的人姓朱的特别多,后来还取谐音为朱湾。朱富贵喜欢朱家湾这个名字,也愿意把门前的河叫作朱家湾河,从不跟着大人们叫建丰河。两条河拐弯的地方,有一块滩地,靠近水的地方是芦苇,其他都是青草。朱富贵坐在河岸的高处,让羊在低处。

他家一共有七只羊,那头最大的羊,他取了一个名字:恩礼。这原来是他爷爷给他取的名字,现在他给了羊。他生下后,他爷爷按照家族的辈分为他取了这个名字,希望他为人知礼。

可他父亲不同意:"什么年代了,还套老规矩,一个农民知礼又不能当饭吃,我要我儿子长大后大富大贵,人活一辈子,富贵才是摸得着看得见的东西,我儿子就叫富贵。你老放心,随便起个什么名儿,没了中间那个辈分字,他也是您的孙子,也是朱家的后人。再说了,他大富大贵,还不是给朱家光宗耀祖。"父亲平时很听爷爷的话,这次和爷爷顶撞,爷爷没说什么,只是重重地叹了口气,是你儿子,由你吧。说完,他提着水烟袋蹲到门外墙脚下咕咕地抽烟。

朱富贵到河边放羊,是想再听听河会不会再尖叫,还要好好和河谈谈,问问它为什么要尖叫?没有嘴,又是怎么叫得出来的?他把目光洒向河面,可羊们总晃来晃去的,一点也不安分。他索性蹲到水边,脚尖差一点点就碰到水。水很清,水里芦苇秆上的毛毛在阳光的映照下像一根根银针,小鱼们在芦苇间游来游去,有两只鱼,一条是鲫鱼,一条是鰺鲦,在争抢一只水虫。鰺鲦个头太小,哪是鲫鱼的对手,一会儿就吓溜开去了。没多大会儿,鰺鲦又回来了,不是一条了,是五条。可鲫鱼已经把小虫吃下了,正不停地吐泡,像是告诉鰺鲦们,味道不错,怎么样,你们来晚了吧。鰺鲦们打了个转儿,扭动修长滑润的身条儿,钻进芦苇根丛中,水下划过一道道美妙的弧线。

朱富贵把目光从鱼上拾起投到河中央,这河至少有五六米深,青绿色的水面波光摇曳,好像无数双眼睛在眨啊眨的。朱富贵咳了两声,把嗓门清了清:"河啊,我要和你说话了,昨儿夜里头我做了个梦,我在爬山,那山很高很高,山尖都戳进了云里头。在我的手快摸到的时候,我脚下一滑就止不住地往山下滚,我怕啊,一怕我就大喊,一大叫,我醒了,浑身的衣服都湿透了,我不知道汗是爬山累出来的,还是吓出来的。河啊,昨夜里你也尖叫了一声,我是头回听到你叫,河,你怎么了,不是也和我一样做梦了吧?"

朱富贵在等回他的话,听到的却是羊的叫声。他一回头:"恩礼,我在和河说话,你起什么劲?不要添乱,要不然,我以后就不带你出来。"恩礼调皮地看着朱富贵一会儿,低下头啃起绿得冒油的草,唇边流出很稠很稠的草汁。

"河啊,你别理恩礼,"朱富贵冲着河笑笑,"恩礼是怪我没和它说话,不碍你的事。"

安静的河面,突然露出一道道波纹,一圈接一圈从岸边往河中央散去。朱富贵顺着水纹朝河边看,在他的不远处,恩礼在喝水。"你个恩礼,今天怎么一点也不听话,"他走过去拍了两下恩礼的屁股,"走走,这一大早你就口干不行了?今天我和河有事,你不要再调皮了。"恩礼屁股一扭往河岸上面走,蹦蹦颠颠,就跟跳舞似的。

朱富贵又重新坐下来,双手托住腮帮子,专注地看着河中央。他的耳朵好像已经探到了河的深处,这时候哪怕河里有一点点的动静,他都能捕捉到。

3

也不知过了多久,一声炸雷般的声音敲打他的后脑勺:"富贵,富贵,瞧瞧你们家的羊把我们家的花生糟蹋成什么样了?"

朱富贵听得出,这是西奶奶。西奶奶是朱国芹的妈妈,朱国芹比朱富贵还小仨月,上学坐一张板凳,可按辈分,她是朱富贵的婶妈。朱富贵不高兴叫她婶妈,朱国芹一拍手:"好啊,好啊,只我们两个人在一块儿的时候,我叫你哥,我喜欢当你的妹子。但你不许欺负我,你一欺负我,我偏要你叫我婶妈。"那天,朱富贵捉到一只很好看的蝴蝶,朱国芹想要,他就是不给。朱国芹就跑到人堆里大声喊:"富贵,你过来!"朱富贵知道不好,可又不能不去。朱国芹见他来到跟前,小手指点着自己的小鼻子:"富贵,叫我!"他抿着嘴两眼直盯着朱国芹,朱国芹可不管,放下手里的篮子,把手掐在小腰上,那架势就跟长辈似的。不喊,是过不了关的,朱富贵只得轻轻地叫了一声婶妈,声音比蚊子还小。朱国芹不乐意:"你是叫给我听的,声音大点,妈妈的耳朵不太好。"朱富贵只得提高音量重新叫了一声。哪知道朱国芹还不罢休,小手一伸:"把你的蝴蝶给婶妈看看。"大人们敢情在看好戏,个个捂着嘴笑,也不打圆场。朱富贵只得乖乖地把蝴蝶递给朱国芹。后来好几天,朱富贵都不和朱国芹说话,朱国芹一直笑嘻嘻地跟在他屁股后头叫哥叫个不停。叫多了,就把他心叫软了,俩人又好得跟一个人似的。

听说自家的羊惹祸了,朱富贵顾不上河,三步并作两步跑到西奶奶跟前:"西奶奶,都怪我,都怪我没看好羊,我赔我赔。"

西奶奶爱抚着朱富贵的头:"你赔,那把你赔给我做儿子吧,我要有你这么个儿子,多好啊!"

朱富贵喜欢西奶奶这么摸着他,很想叫一声妈妈。可在大人们面前,辈分是绝不能乱的。不过,在他心里,他一直是把西奶奶当作妈看的。这时候,他恨辈分这道坎,要是没辈分,他就可以叫西奶奶为婶妈,喊朱国芹妹了,那多好啊。西奶奶对别人都特别凶,就是对朱富贵特别好,比对朱国芹还要好。村里不少人都说她是个母老虎,这话是不假。朱富贵见过西奶奶和别人吵架,那样子真可怕。和女的吵,脏话狠话像炒豆子似的。要是和男的吵,没几句话,她就会冲上前和人家扭打,每回她都能把男的掀翻在地,然后一脚踩住人家后背,双手叉腰,非得叫人家喊声姑奶奶才算消气。朱国芹也怕她,挨骂也就算了,要是被她揪起耳朵那可不得了,朱国芹每次都觉得耳朵都快被她揪下来。朱国芹悄悄和朱富贵抱怨过:"我哪是我妈亲生的呀,你才像我妈的亲儿子呢!"朱富贵用手指轻轻弹了一下她的脑门:"让你瞎说,对我好,我就是你妈生的,那村里好多人都对我好怎么说啊?"朱国芹昂起小脸:"哥,你再弹一下,我就喜欢你弹我的脑门。"

西奶奶好像就只对朱富贵好,这让朱富贵在幸福的同时,怎么也想不明白到底是为什么。他发现,这村庄里的秘密实在太多。大人小孩,一草一木,还有那条河,都有各自的秘密,多得就和河里的鱼儿一样,数也数不清。

4

朱国书对儿子那真是宝贝得不得了,用村里人的话说就是捧在手里怕跌了,含在嘴里怕化了。男人说他婆婆妈妈的,一点也没有男人样,让他们的婆娘得了多少的话头数落他们。女人们看到他,都像是被蜜泡了一样,整个人好像成了棉花糖。这里头,就数西奶奶变化最大,不管什么时候遇到他,都忸怩得跟个大姑娘小媳妇似的,走路轻手轻脚,说话轻声细语,脸上泛出淡淡的红色。只要他在场,她绝不会和谁吵架的,动手那更不可能了。一些男人实在缠不过她时,就往朱国书家跑,佯装和朱国书拉家常,实际上是避开西奶奶的火气。

　　要找朱国书,是最好找的。他不怎么出门,一天的大多数时间都在家里做木匠活儿。在江苏东台三仓乡,没人的木匠活比他强。人家木匠扛起工具走村串户找活干,他可不,只在家里做,再多的钱也请不动他离家。他也不下地干活,自家的十来亩地每年都由村里人代种。他的换算方法很简单,一亩地一年下来多少收成,就折成多少木匠活儿的工钱。谁家要打家具什么的,那先帮种田吧。就这样,想种他家田的人已经排出去好几年了。和村里人,他不计较,只要不糟蹋田,只要地里长的,他都能吃,钱其实从来都不要。这样一来,村里人反而不好意思,把他的田侍弄得好好的,谁家有好吃好用的,都会主动送点给他。他收归收,总会想办法用别的方法还回去。在村里,他是出了名的不占便宜的,人们都知道和他相处,只会沾光不会吃亏。对村外的人,他没这么大度,算起账来,分文不让,说多少就是多少。不过,只要接了人家活儿的,末了,他都会送点东西,比如小板凳、八宝盒、小桌子什么的,活儿多的多送,再小的活儿,也会送,保准还是拿回家就能用得着的。有一次邻村有人请他做个双门的衣橱,这样的小活儿,他还送给人家一个刻着龙头的拐杖,说是让人家拿回去给老父亲用。这人的父亲七十多,前些日子摔了一跤,在床上足足躺了个把月。

朱国书的手艺不是家传的,也不是拜师所学,是自己琢磨出来的。以前,他只是个种地的庄户人,是在朱富贵的母亲死了后,才和木头打上交道的。

生下了朱富贵,家里着实高兴了一阵子,可没多久就愁上了,富贵的母亲奶水不足,常饿得富贵哇哇大哭。朱国书就常常下河抓鲫鱼给富贵妈吃,以壮奶水。富贵五个多月的一天,那是盛夏的一天,几天几夜的大雨把河涨得像怀胎八个月的孕妇。朱国书又要下河,富贵妈不让,说河水太大。朱国书脱了只剩条短裤:"没事的,再大的水也怎么不了我,我就是条鱼。"刚好富贵睡着了,富贵妈就陪着朱国书到了河边。这是个大阴天,雾气厚得就像满天飘飞着面粉。朱国书腰里拴个鱼篓在河里捉鱼,富贵妈在河边时不时提醒他留神点。抓到了几条大的鲫鱼,朱国书上岸想给媳妇瞧瞧,可左找右喊,就是找不着媳妇。这时候,他又想起来刚才在水里好像听到了些声音,他只以为是哪家的狗跳下水玩呢!村里的狗和孩子们一样,到了夏天,不管什么天气,兴致上来,就跳到河里玩耍。

他还没当回事儿,以为媳妇是记挂家里的富贵先回去了。到家一看,富贵睡得很熟,屋里屋外没媳妇的身影,这下他慌了神,叫来村里水性好的男人一起下河捞。河虽然深,水也大,但水流很小。几个男人在河里扑腾,全村大多数人都聚到了河边,到了下午,富贵妈的娘家人也赶了过来。一直持续到后半夜,也没找到富贵妈。有人说:"都把河翻了个遍,这水也不怎么流,只要富贵妈是落水,早该找到了,没道理啊?"也有人说:"不是掉河里,那富贵妈跑了不成? 都是本乡本土的,她和国书也是自己谈的,富贵又这么小,她不可能跑的,万一就是跑,又能跑到哪儿? 没道理啊!"

这好像是个解不开的谜。

朱国书认定富贵妈是有什么事出远门了,总有一天会回来的,对富贵他也是一直这么说的。谁要是说富贵妈死了,他就要和人家拼命,这样一来,村里人也不敢不按他的话说。再说,谁都愿意富贵妈真的是出了远门。

从那以后,朱国书天天把自己关在家里刻木人,刻的全是富贵妈的样子,站着的、坐着的、在走路的,脸上都是挂着同一种笑容,就是给富贵喂奶时的笑容。村里有几家孩子和富贵差不了几个月,这几家的母亲就轮番为富贵喂奶。这中间,就有西奶奶。

刻了几个月的小木人,富贵爷爷看不下去了:"你就这样刻一辈子啊? 看看你儿子,有本事你给你儿子刻个能坐能走的车子。"朱国书像睡了多少天一下子醒了一样,才发现儿子已经可以抱着学走路了。弄个车子,光一把刻刀是不够的,朱国书到镇上买来木匠的工具,砍下屋后的一棵树。三天后,还真摆弄出个小车来,那份精致、那份实用让村里人赞叹不已,这国书,还藏着门这么好的手艺,真是没看出来。这以后,他先是帮几家喂富贵奶的人家做了几辆小车,渐渐地,又做些椅子柜子什么的。一年多下来,他居然成了十里八乡最有名的木匠。乡村人常用的家具,他全会做,要是有人拿着图或照片来,实在不行,和他比画比画,说说想要做什么用,他都做得出。

他需要什么工具和用料,请人家代买,木料大多是人家自带的。真要买木料,让人捎个信,镇里的县里的都会送来。门口有河,运起来也方便。他从不出村子,他要天天守着,好让富贵妈哪天回家时就能看到他。

5

在村子里,朱富贵随便到哪家,人家都客客气气的,从不把他当外人看,大多比对自家的孩子还放在眼里。这反而让朱富贵有些不好意思,没什么事,他不怎么串门。他到河边的次数并不是太多,河也要忙自己的事,哪能常去打扰人家。不管见不见河,他心里都有河,他想河心里一定也有他的。那晚第一次听到河的尖叫后,他去河边的次数多了。有时晚上睡着睡着醒了,他就会到河边坐一会儿。白天,有时他也会和河待一会儿。

这天下午,他站在村头桥上看着河面,自己的影子像在水面上,又像是在水里头。他想,是不是该下河潜到深处去找找那尖叫声是从哪儿来的,兴许河还会和他说悄悄话呢!朱富贵的水性比他父亲还好,别看他还小,可村里男男女女老老少少的水性都比不上他。这条河里的淤泥深水草多,可一点也奈何不了他。他正想着,河里又传来了声音,这回不是尖叫,而是哭啼。是个孩子,是个小孩子,朱富贵抬头往远处一看,一个圆圆的大木桶就快漂去桥跟前了。桶里的孩子被一件大红的衣服包着。他衣服也没脱就跳下了水,一个猛子扎下去再上来,手就搭在了木桶边沿。孩子看到朱富贵,止住哭,笑了起来,脸上的泪珠在阳光下像粒粒珍珠。朱富贵在水里推着木桶一直游走到自家门口,连木桶带孩子一起搬回了家。

孩子是个女孩,桶里还有张写有孩子生日的纸条。"爸,让她做我的妹吧,"朱富贵有模有样地抱起孩子,"爸,你给取个名字吧!"

朱国书手里捏着那张纸条:"多个人,也就是添副碗筷多口饭,只是现在她得吃奶啊!"

说这话时,西奶奶进了门:"奶倒是好说,村里有两三户人家正有人喂奶呢!"

朱富贵抢过话头:"我们家的羊还有奶呢!"

"这孩子看样子是喜欢上这个小妹妹了,"西奶奶从朱富贵手里抱过孩子,左看右看,"只是,这么小的孩子,要拉扯大,可真不容易啊!"

朱国书把纸条放进了身后的柜子里:"富贵喜欢,我们就养着,有个儿子,再得个女儿,我也算是儿女双全。"

西奶奶有些动情了:"你们父子俩啊,都是菩萨心,可老天为什么要难为你们呢?"

"让我也抱抱,"朱国书把手在衣服上揩了揩,接过孩子,拿话打岔,"国芹她妈,你来我家是有事吧?"

西奶奶在来的路上,都没想好怎么向朱国书开口。她这个说话一向直筒子的人,这回真是犯了大难。这些年,村里不少人都想张罗着给朱国书再找个媳妇,一来生怕朱国书非但不同意,还会生气,二来也确实没碰上什么合适的。前些日子,村里人听说邻近的乡里,一个男的外出打工,返乡途中被歹人所害,一打听,这事过去都快一年了,那人的媳妇长得挺周正,还没有孩子拖累。大家就帮着合计,尤其是西奶奶在内的几个妇女更是热心,她们觉得像朱国书这样的好男人,还该有个好女人伴着。为这事,西奶奶和另外一个妇女还专门去了一趟,那媳妇条件确实不错,模样好看,脾气好,心也善良。她们曲里拐弯地探了她的口风,她对朱国书也十分满意。这事,只要朱国书点头,就实打实地成了。

西奶奶比任何人都知道朱国书心里放不下富贵他妈,也体谅他生怕有个后娘进门会亏待了富贵。她能说会道,可要把他的思想做通,一点把握也没有。

进门看到富贵捡了孩子,西奶奶觉得以这孩子开口或许方便些。现在朱国书一问她,她就接过话茬:"没事就不能上你们家转转了?我没事,我看你们有事了,家里没个女人,再带个女儿难哪!"

朱国书一听这话,就晓得西奶奶要说什么了:"国芹她妈,瞧你说的,兴许过几天,富贵他妈就回来了!"

朱富贵像是没有听到他们说话,摸摸孩子的脑门:"爸,你给宝宝取个名儿吧!"

"让爸好好想一个,"朱国书把孩子搂进怀里,"国芹她妈,你的心意,大伙儿的情,我国书全晓得,也心领了。这话以后你别说了,要不然,可别怪我,以后富贵他妈回来也饶不了你的。"朱国书对谁都是客客气气的,可村里没几个人不怕他。有些人也想不通,朱国书这人挺和气啊,基本上没对谁发过火动过手,可我们怎么就怕他呢?没想通,却更加不敢在他面前造次。就连西奶奶这样的女人,也对他畏惧三分。

话说到这份儿上,西奶奶不敢再开口。屋子里的空气一下子凝固起来,只有那孩子在朱国书怀里动个不停,哇哇地大哭起来。

孩子饿极了,要喝奶了!

6

朱富贵凭空有了个妹妹,朱国芹开始挺欢喜的。朱富贵带着妹妹到哪儿,她就跟到哪儿,又蹦又跳又唱又叫。可没几天,她不高兴了。朱富贵妹妹的名字比她的好,朱香河,多好听啊,不像自己的名字难听死了。朱富贵还故意气她:"这是我爸取的,你的名字是你爸取的,当然不会好!"她噘起小嘴:"哥,那让你爸也帮我取个吧!""那可不成,"朱富贵很是认真地说,"孩子的名字都是自家爸妈,顶多也就是爷爷奶奶来取的,你是你爸的孩子,只能由你爸取,这可不能乱的。"

让朱国芹更不高兴的是,自从有了小香河,朱富贵顾不上和她玩了,不像以前那样与她亲了。这让她很伤心。她没别的办法,就从家里拿来好玩的送给小香河,就连她唯一的小布娃也塞进小香河的手里。这个小布娃是她最心爱的,从不借给别人玩的,朱富贵也只不过摸过一次。她把小布娃交到小香河的手里,自己的手也没放下:"哥啊,我把这小布娃送给香河了。""是你要自己要送的啊,"朱富贵拨开她的手,"不是我逼你的,给出去了,就不能要回去的。"她咬着嘴唇,眼睛眨巴了几下,泪水就在眼眶里打转。

没过几天,她发现朱富贵并没有对她好些,好几次想开口要回小布娃。朱富贵看出了她的心思:"心疼了吧,舍不得了吧,那还给你吧!"听到这样的话,她不敢了,要不然富贵哥会生气的。要是富贵哥气生大了,一点也不理她,那比没了小布娃更让她难受。

说是朱富贵家在抚养小香河,还不如说是全村人一起在出力。大家可怜这个被爸妈狠心抛弃的女孩,也总算有个机会帮帮朱国书,尽一份心意。小香河的奶被几个刚做妈妈的包了,宁愿让自家孩子饿点,也不会让小香河少吃一口。几个手巧的妇女,帮小香河做了各式各样的衣服,也有的送来自家孩子以前穿的,有些没穿过,有的上身几次,但还是新的。洗尿布等一些杂活,都给西奶奶抢过去了。她曾当着大伙的面说:"我这人手笨,做不了什么细活,这些杂活粗活你们可别和我抢,不让我做,我手痒得慌!手痒了,我得打人的!"

看着全村人都喜欢小香河,朱富贵心里甜着呢!他现在常到人家串门,要是不去,人家会来抱小香河的。他就是不想串门,可他放不下小香河,要与小香河形影不离。倒是朱国书过意不去,明明是自己家收养小香河,让大家受累,这成什么了?西奶奶说得巧:"你啊别小心眼,我们大家只是帮帮忙,小香河是你的女儿,是富贵的妹,没人会来夺的!"朱国书有些不好意思了:"全村人都是小香河的爸妈,那是她的福分,我是觉得欠大家的太多了,没法还了!""还,你要还什么啊?"西奶奶的嗓门一下子高了起来,"我们做了点事,你就要还,你这人太计较了吧!你是个大男人,别婆婆妈妈的!我是娘儿们,也没这小家子气啊!"以前都是朱国书的话把西奶奶逼住,今天他听了西奶奶的话,竟然不知说什么好,这让西奶奶心里得意起来。能这么在朱国书面前占回上风,她心里生出成就感。她在欣喜的同时,一股苦酸犹如阵阵秋风掠过她的心田。

有空的时候,朱富贵会抱着小香河到河边去玩。每次到河边,朱富贵都会对河说:"河啊,你别大声叫啊,小妹妹还小,要不然,你会吓坏她的!"他带小香河看河边的芦苇,看芦苇花纷纷扬扬地飘飞,看河里的鱼吃食嬉戏,听河发出的各种各样的声音。朱富贵掐朵花戴在小香河头上,把河当镜子,小香河看不懂影子,但看到朱富贵笑了,她也会咯咯地笑出声。小香河能坐的时候,朱富贵让她坐在地上,他捉蚂蚱给她玩,翻跟头给她看。

终于小香河可以自己走路了,朱富贵就牵着她的手走在河沿上,讲一些他从老人们那儿听来的故事。

7

小香河进入朱富贵的生活后,朱富贵夜里再也没有到过河边,他似乎忘记了河的那次尖叫。

那天,他和小香河在河边的豌豆地里玩。豌豆开出了花,一只蝴蝶飞来飞去,小香河追着蝴蝶跑,摔倒了再爬起来。小香河没抓到蝴蝶,倒让手脏得一塌糊涂。"哥哥,"小香河举着手,"洗手,手手脏了!"

朱富贵让小香河站在河沿上,自己下河捧水。他刚蹲下来,寂静的河突然又发出一声尖叫,声音绵长。这声尖叫像一只手触摸到朱富贵,他浑身打了个冷战。

朱富贵一步步向水里走去,一步又一步,一步又一步。

小香河不知道哥哥要做什么,静静地站在那儿。这天下午的阳光明灿灿的,把小香河的影子拉得很长。

西奶奶从远处走来,看到小香河一个人站在河边:"小香河,你做什么呢?"

小香河小手指着河里:"哥哥,哥哥下水了!"

西奶奶冲河里叫了几声,不见朱富贵应声,知道不好,连忙抱起小香河要去朱富贵家。可小香河哭着拼命挣扎,小手不停地朝河里挥着:"哥哥!哥哥!"

西奶奶边跑边大声呼喊,凄厉的声音在村庄上空震荡!

村里几个水性好的男人在河里捞了一个下午和半个晚上,都没捞着朱富贵。

香　米

　　天热得不行,小孩光溜溜的,个个又黑又亮,活像一群刚出水的泥鳅。大人们不分男女都是花花绿绿的大裤头,一条大裤头上的色彩不少,可十几条几十条在一块儿,色儿就没多大花头。裤头花式相同的,就是一家子的。扯块花布回来,不分大小式样裁几条,套上就是了。少数混了的,只因扯布时没留神。男人上身光着,女人着件浅灰色的无袖衫,老奶奶实在热得受不了,光着上身,胸前挂着两只瘦得不成样的小布袋,猛看和老爷爷一个样。人们散落在麦地里割麦捆麦运麦,金黄黄的河里游动着无数的花裤头,站在田头,根本分不清男和女。本来嘛,下了地,谁还在乎男女,男也好女也罢,只要是个好劳力就成。但有一个人例外,香米。香米上穿缀满小白花的淡蓝色短袖衫,下着过膝的橙红色裙子。香米穿裙子!放眼整个东台三仓乡,还真没几个穿裙子的女人。香米有三件裙子,其中一条是连衣裙,是紫色的。香米的衣服不算多,一季的也就是五六套,可在村里,别人家的女人一年的才五六套。

香米的衣裳,全是她男人买的。她男人跟着一个建筑队在外头做瓦工,每年农闲时四处赚苦钱,农忙时再回家侍弄田地。他口袋里装着票子灰头土脸进门,总得给香米带点衣裳和雪花膏香水之类的,在城里这衣裳算不上新潮,但到了这朱家湾仍让人眼热,至于雪花膏香水那些玩意,村里的好多女人还没听说过。

起先,香米不想穿,她男人说:"你是女人,城里的女人个个打扮,那才像女人哪!哪像你们土萝卜样儿。"

香米拗不过:"那你在家时我才穿。"

他不乐意:"天天穿,又不是偷的,怕什么?"

香米看着那些从未见过的衣裳:"那……你得替我买条好狗回来。"

他真弄了条狗,是不是买的不知道,可那狗长得壮硕无比、凶神恶煞。

村里多了个美人和一条好狗。美人让人的心怦怦地乱跳,好狗同样让人的心怦怦地乱跳。狗伸长舌头走在香米前头,好像永远不需要回头,就能知道它的主人往哪儿去。香米和狗从人前过,留下的是香米身上的阵阵香气和狗呼哧呼哧的喘气声。

香米的男人有些累了，香米放下捆麦的草绳，拿下脖子上的毛巾替他擦汗，汗黏稠稠的。"你喝碗水，剩下的我来!"香米递给他一大碗水，放了盐的水凉凉的，有一股很好喝的咸味。他没和她争——争也争不过她——挨在一捆麦垛边坐下来。香米手里弯弯的雪亮的镰刀在飞舞，只见麦子被她的左手一搂就乖巧地躺在脚下，在她身后延伸的麦茬平平的。他脖子一仰一碗水就下去了，从木桶里舀了一碗，端到了嘴边又放下了。他的眼睛在香米的身上拿不下了。他并不知道，这是他最后一次见香米割麦了。香米腰弯着，浑圆的屁股轻轻地摆动，周围一片金黄，空中弥漫着白晃晃的热气，好像一条橙色的鱼儿在欢快地嬉戏。他喉咙陡然燥热起来，皮肤上似有数不清的蚂蚁在爬呀爬。是得好好歇歇，他又坐下了，时不时抿口水。电线杆上有两只麻雀，被阳光洒得黄里透亮，叽叽喳喳叫唤，你啄啄我，我啄啄你，一两片羽毛悠悠地飘落，时不时旋个圈或划出一道弧线。这碗水，他喝得有些时辰了，可一点也不解渴。

麦子上了晒场成了麦垛时，天也不早了。人们三三两两地回家，人家都是男人走在前头，女人在后面跟着。香米的男人让香米走前头，他隔着三四步盯牢香米的背影，颤颤地挪着步子，中间是那条村里人见了心里发抖的狗。是该有个孩子的，可香米的男人总想盖座像样的屋后再要。他们结婚时，没像村里人那样先盖屋,还是住上辈留下的老屋。这是村里人常说的一件事。没新房,却娶了个如花似玉的媳妇,人们怎么也搞不懂香米的男人使的什么手法。香米的男人知道,他什么手法也没使,可他和香米说了,顶多三年,要为香米盖座在村里最惹眼的屋。香米说:"不要急,只要你对我好,有个窝就行,好孬差不了多少!"听到这话,香米的男人就不敢正眼看媳妇,一身的肌肉像小老鼠一样不老实。

回到家,香米就忙开了,光是照料牲口就让她的腿动个不停。五头猪要喂食,四头羊要吃草,十几只鸡在脚边徘徊,七八只鸭子嘎嘎叫,还得做饭。这些,香米都不让男人插手,他要是看不过去抢着干点,她就噘起小嘴沉下脸。

忙乎了一阵子,香米把小桌子搬到门口,端上了饭菜,让他先吃,她还得拌猪食。她拎着猪食桶刚出了厨房门,邻居秋萍笑嘻嘻地迎了上来:"哟,香米,看你,也不晓得歇歇。"

香米放下桶用手背揩了揩额头的汗,觉着有猪食沾上了,又用胳膊擦了擦:"吃了?"

秋萍晃了晃手里的青瓷大碗:"锅都烧红了,才想起来油瓶空了。"

香米说:"那得赶紧啊,我家有,你自个去倒吧!"

秋萍说:"我就借一点,够晚上的就中。"

香米上了猪圈,秋萍进屋倒了大半碗油朝自家走去:"我就倒了点炒个青菜的,别的菜晚上不吃了。"

香米的男人冲着秋萍身后吐了口唾沫:"前天才来要过,把我家当油坊了。香米啊,你也吃呀!"

香米走了过来:"你小声些,左邻右舍的,谁家没点难处?"

他夹了一块凉拌萝卜送到香米口里:"你啊你……"

香米笑了笑:"明天国才家孩子满月,送多少?"

他说:"你拿主意呗!"

香米说:"你是男人,还问我?"

他说:"你去吧,我在家。"

香米说:"你吃你的,愣着干吗?本来该你去,我还得打麦子,可国才请了我们一家。"

是个大阴天。香米穿上了那条紫色的连衣裙,抹了雪花膏,滴了点香水,和她男人一块出了门。他们去得不算早也不算晚,来了不少人,还有不少人没到。国才家在门口摆了大大小小二十来张桌子,大多数是从别家借的。也没谁规定,男人们坐在一起,女人们凑成一堆,小孩们在屋里屋外乱窜。香米的男人一到,就被男人围了起来。他们要他说说在外头的新鲜事和稀奇古怪的事儿,也有的向他打听外头的活儿好不好干,人受不受气,一天能赚几个钱……这些,他们问不完也听不厌,平常捞到点闲空，也是这么缠着香米的男人的。毕竟，到现在为止，村里在外头东奔西颠的人除了他没几个。香米一到国才家就钻进了厨房："大嫂子，今儿个你歇不着了。"国才的女人脸上笑出了一朵花："香米啊，你怎么还沉得住气？没多少事儿，不劳烦你了，去外边和大伙儿说说话吧！"香米从门后取下一块围布扎好，蹲下来摘菜："大嫂子，才满月，别累着了，嫌我做不好是不？"国才的女人说："香米啊香米，你勤快手巧有什么说的？我儿子长大了能讨个你这样的媳妇，那是天大的福分。"

香米和国才的女人边忙活儿边嘻嘻哈哈地说笑时，屋外的女客们在嘻嘻哈哈地说着香米。她们的穿着打扮可不讲究，昨天在地里穿的什么，今天还是那样，奶渍、油斑随处都是，头发乱蓬蓬的，不少人裤管卷得高高的，沾了不少泥的小腿就像出水后没洗就被晒干的莲藕，黑的灰的黄的，就是不见白，名副其实的泥腿子。她们有的站，有的坐，有的蹲，以自己最为随意、自认为最自在的姿势团在一块儿，时而高声时而低声地说东扯西。香米没到时，她们的话题很杂，但没跑出乡下女人挂在嘴边的那些鸡毛蒜皮。香米和她们打招呼从她们身边走过时，一种有别于泥味儿奶味儿草青味儿粪味儿的味儿，溜进了女人们的鼻孔。是香味儿，她们是知道的，但是什么香味，只能瞎猜了。香米走开了，她们的舌头却缠住了她。

"什么味儿？那么香。唉，都是女人，人家多有女人样，哪像我们！"

"越活越年轻了，那身子越长越像个葫芦了，真不晓得怎么能做重活的？"

"衣裳好，女人是要靠衣裳撑的。"

"才不是呢，香米穿什么都好看，我们哪，穿什么都白搭。"

"人家香米活得多滋润，有个好男人，真是好命。"

"香米该有福。"

"我家那死鬼，就知道让我干活儿，不肯在我身上花钱。"

"那你晚上不让他近身不就成了！"

"没钱，挣不到钱，有什么说的，人家男人出去一趟，带回多少油水，哪像我们家那死鬼打他出去也不肯。"

"我要有香米那样，少活几年也乐意。"

"我们那口子整天和我说，要像香米那样会装扮，还说什么人家香米都好，什么都做得来，长得就跟电影上的女的一样。和香米一比，我们就不是女人了。"

说起香米，甭管香米在不在场，她们特别地起劲，心里羡慕得要死，有时也想挑点刺，可香米在她们心里太好，根本没下手的地方。

夏忙一过，香米的男人照例去干他的瓦匠活儿，村里的男人女人在田间地头的时间不多了。男人们在一起喝着散装的东台粮酒,吆五喝六地东扯西拉,累了就玩牌搓麻将,一弄就是一个通宵,睡他个一天半夜的再重复头几天的生活。一天又一天,直到田里要忙时,再下地花力气流汗水。女人们窝在家里忙这忙那,有点空了就攥着毛衣鞋底什么的串门,说话做针线两不误。香米家是她们常去的地方,香米人缘好,家里又没老人男人小孩的,说点什么不受拘束。当然,她们兴致上来的时候,也会试试香米的衣裳。香米不吝啬,谁都让试。有的不好意思,香米还鼓动:"想试就试呗!"香米会把自己琢磨出的化妆方法手把手地教给她们,让那些当模特儿的想照镜子又不羞于看到自己的新模样。

"老喽,还折腾个什么劲!"秋萍摸摸脸,直叹气。

"还没到三十呢,老什么老?城里的女人四五十的,还扮成小媳妇样儿呢!"香米一点秋萍的胸,"长这么大,穿点紧身的衣裳迷死人哪!"秋萍说:"要钱哟!"香米不饶她:"什么钱不钱?你现成的衣裳配起来也不赖。"

玉菊说:"到晚上,男人让你什么都不穿,男人啊,就图个肉乎乎的身了。"

玉菊家的孩子是村里最多的,三女一男,男孩当然是最小的了。也难怪,她男人三代单传,肩负着传宗接代的重任,心怀不生个带把的不罢休的念头。如愿是如愿了,可因为超生钱罚了不少,那点儿家底随着男孩一声动人的啼哭一扫而光。生下来了,就不管男孩女孩了,统统当作猪崽子养。就这样,玉菊也成了叫花子的样子,没好的穿没好的吃,倒是睡觉踏实,倒头就能到天亮。人家问她天天这么死睡,你男人还不发疯,她说:"没事的,我睡我的,随他折腾。"她可穿不得好衣裳,几个孩子成天泥猴一样,涂的涂拽的拽,再好的衣裳也抵不住。

香米说:"穿得好,自己的心情也好。"

玉菊说:"要什么好啊,天生就是劳碌的命,白天折腾活儿,夜里让男人折腾,不就是这么过?"

秋萍说:"那你还整天看着人家香米发呆干吗?"

玉菊说:"你这张嘴吃什么啦?"

秋萍说:"香米,想不想听村里的男人都怎么说你的?"

香米脸一红:"不想听!"

玉菊说:"别怕,没说你不是的,都说女人就该有你这样。"

秋萍说:"我真搞不懂,这些男人说起你最老实,平常开起别家女人的玩笑难听死了,一提到你,好像你成了他们妈!"

香米说:"你说什么?扎你的鞋底吧,线都走歪了。"

玉菊说:"真是的,你在他们嘴里头就跟观音一样。"

秋萍说:"这帮男人我真搞不懂,看到你时眼个个发直,可好像都有点畏你。他们都说你太像城里人了,不该在乡下待的。"

秋萍眼里闪过的一丝郁悒神色,掠过香米暗花格子的褂子落在门外的一棵楝树上。

玉菊看看天色:"不早,得回家忙活了!"说完,急匆匆地往家赶。

香米叫住她:"这里我用衣裳剩下的布头做的两件小褂子,带给小孩子。"小褂子的领口和袖口都绣了花边,一件黄底白色的碎花,一件是粉红色的。

"你又费心,老这样叫我怪不好意思的。"玉菊接过来看了又看,爱不释手,"现在让她们穿糟蹋了,留着出门见人时再穿。"说完这话,她已走出去十来米。

忙忙歇歇,这日子过起来快得不得了,转眼就要到年关了。人人都得做套新衣裳,要不然这年可不能算过了。大多数人家的衣裳是自己动手做的,也有的是让香米的男人从城里捎的。香米的男人有点为难:"买坏了,我可担待不起。"他们让他放心:"你那么会替香米买,不会的!"快到年根了,香米的男人前脚刚进门,身后就跟来不少人。他解开人包袱,拿出一件喊一个人的名字,喊的都是女人的名字。拿到的满脸喜色地夸他真会买,还没到手的抻着脖子瞧。那些自个裁做的,也时不时地往香米家跑,上镇上买什么布要香米拿主意,剪个什么式样的要香米说说。几个和香米特别要好的,干脆喊上香米一起到镇上去买。香米说:"我索性当裁缝吧。"人家说:"村里就数你会穿衣裳了,不找你找谁?"香米说归说,谁来了都笑脸相迎,把自己知道的那点儿全抖搂出来。有些人家的男人见婆娘替自己买的布或做的衣裳不中看,不轻不重地说两句牢骚话,他女人只要说香米说好,便能全挡回去。

到了初一下午串门时,香米走到哪儿都会迎来赞叹的目光。小孩们围着她转,那些女孩更是尽可能往她身上挨。大过年的,大人们断断不会骂孩子的,但还是说:"远点远点,别把人家的衣裳弄脏了。"个别调皮的孩子不听,大人就笑着轻轻拎他的耳朵,换了平常早一脚下去了。女人们往香米手里塞花生糖果什么的,香米捧不下又分给小孩。几个女的先是退几步瞧瞧香米的穿着,再走近了摸摸是什么料子的,接着就是说这衣裳怎么怎么的好之类的话。男人们见香米来了,连忙掐去正说到兴头上的荤话,朝香米笑笑算是打招呼,然后支在一旁不吭声,目光躲躲闪闪地往香米身上瞟。有时,他们也会瞅瞅其他女人的穿着,意味深长地摇摇头。

开了春忙完了地里的活儿,香米家开始动工砌屋。不到三个月，一座两层小楼就在村里竖起来了。青砖红瓦，铝合金窗子蓝色的玻璃，檐子是亮光光的琉璃瓦，门面是到顶的瓷砖，主色调是白，大门边一边拼的是五谷丰登的画儿，另一边的画儿是招财进宝，墙根下和屋檐下半米处分别有三十公分的一长溜画廊，鸟鱼兽活灵活现的。这可是村里第一座楼房，谁家都没法比。房子盖出了个样子，总是了了一桩心事，两口子盘算着可以专心要个孩子了。没承想，秋天的一个晚上，香米的男人睡下后再也没能起来。办丧事期间，香米一滴泪也没掉。

那天，为男人烧完头七，香米上床后，不知道怎么就滚落到地上。她躺在地上，哭得死去活来，到后来嗓子哑了泪流干了，就呆呆地坐在门口望那高高大大漂漂亮亮的楼房。那条狗伏在她脚边，像一个温顺听话的孩子。一袭孝衣脱下了，右胳膊上多了块孝布，好像一只黑色的蝴蝶。村里有人过世的，家里人除了出殡时披麻戴孝，平日里该穿什么还穿什么，只是到了过年时春联贴黄纸黑字。香米没穿那些大红大紫色彩艳丽的衣裳了，专拣素色的穿，但一些习惯是不会变的。从发上的头饰到衣裳到鞋子，从不乱穿，搭配得顺眼可心，什么样的衣裳都是干干净净利利索索的，没有污斑污渍，板正而不是皱巴巴的。只不过，她换衣裳花的时间比往常多了许多，常常是打开衣柜望着衣裳愣神，甚至止不住潸然泪下。在村人眼里，香米只是不怎说话不怎么笑了,穿的还是好衣裳,还是那么会穿衣裳会打扮。当然,她不再是俏媳妇了,而是俏寡妇了。村里头,四十岁朝下的,只有她这么一个寡妇。算起来,好几年没有过这么年轻的寡妇了,更何况是如此俊俏的。

男人不在了,地还得种,自个儿还得活下去。田里的活儿,家里的事儿,香米倒没觉着重多少。没了男人,她干起活来更卖力了,忙些苦些累些不当回事,就怕闲下来。有了这一怕,香米变着法儿找活做,直弄得白天手脚不停,晚上挨着床就能一觉到天亮。

到了插秧的时节,田里是水汪汪的一片,堆在一起的秧苗像一座小小的青山。香米家的地和玉菊家的连在一块儿,中间只隔了窄窄的一道坎儿。香米把秧苗撒好了,玉菊才到了田头。

"哟,我说香米啊,穿得这么好怕不是干活吧。"听起来,玉菊好像犯了牙病,喉咙里的音儿也和过去不一样了。香米怎么听,都有点像羊在叫唤。

香米躬着腰正唰唰地插秧,秧苗乖乖地没入水中亭亭玉立,一波一波的水纹乐悠悠地散开。

"来了!"香米招呼道,直起身子捶了捶后腰,"没呀!"

香米嘴里说着,还特意瞅了瞅身上的衣裳。香米还是和以前一样,上穿缀满小白花的淡蓝色短袖衫,下着过膝的橙红色裙子。

玉菊拎起一撮秧苗:"又不是看大戏,你这个穿法,勾男人的魂来!"

"嫂子,瞧你说的。"香米又弯下腰插秧。

"香米啊,不是我多嘴说你……算了,不说了不说了。"玉菊见香米面前已是大块绿苗,而自家地一根秧苗都没插,摇摇头做她该做的事去了。

人家饭送到田头,香米没人送,中午得回家现做,多做点留着晚上将就着吃。香米就着清水洗了洗腿脚胳膊,理了理衣裳回家了,路两旁的秧田和香米还有那条狗构成了一幅不可多得的乡村风景画。她走后,几家女人端着饭碗蹲在田埂上,说啊吃啊吃啊说啊,水里的身影像鱼儿一样在摆来摆去,饭菜进了嘴,笑语欢声倒落在水里、荡在空中。疯了一阵子乐了一阵子,她们的话题抓上了香米。

"香米是不是想男人了?下地也穿那样好,一点也没有做活的样儿。女人到了这份上,真是没得治了。"国才的女人擤了一下鼻涕,声音和拉风箱差不离,手朝地上甩了甩,揉揉鼻子,再在衣袖上揩揩。

秋萍撇了撇她那张比常人稍大的嘴:"又不是什么大姑娘,穿的是什么样子,我就看不惯,做她的邻居真是难为情死了,要能搬远点就好了。"

"我刚才就说她了,这个样儿迟早要出乱子,说不定能拐跑了哪家男人的心。"玉菊有点气愤,虽然她不晓得气从何来愤又出自何处,反正就是气愤。

"我们乡下人就是这个命,她干什么,想的哪门子心思?整天穿的那样,老远就闻到身上的骚味儿,那么冲鼻子,哪还像个村里的女人?"国才的女人吃得饱饱的,狠狠地打了好几个嗝。

中午的小歇,就这么给她们打发过去了。她们许多的闲暇日子还像以前那样,从香米和她的衣裳上流了过去。

香米家的那条狗不怎么进屋,香米进了门,它就在门口趴着,因此,不管香米家的门是开还是关,不管是白天还是黑夜,只要瞧见狗悄无声息地卧在门前,那么香米准在家。这条狗从没有咬过人,但村人总觉得它随时会扑上来,从腿上或别的什么地方撕下一块血淋淋的肉,男人们的感觉尤其如此。秋萍的男人以前一看它的影子,就避得远远的。现在不同了,他想和它改善关系,试图亲密接触,至少建立一种较为友善的交往。一家人在吃饭,他在骨头啃到一半时说上茅房,出了门一溜小跑。离狗十来步时,他满面笑容地抛去骨头,在出手前,他是不会忘了再啃啃舔舔的。它懒洋洋地抬抬眼皮,看看骨头看看他,便不再搭理了。"吃啊!"他低声下气地殷勤招呼。一声两声,一次两次,他不由自主地现出哀求的神情和口气。它下巴贴着地耳朵耷拉下来,不理不睬。"喊,装什么装?"他扫兴地回家接着吃饭。秋萍的小女孩,今年三岁多一点,和狗是好朋友,其实,狗与村里的小孩子都是好朋友。小女孩也爱和狗一道玩。在路上碰到时,她在它前头或后头跑,它摇着尾巴又蹦又跳,有时绕着她转。她怎么对它,它都不生气,就是把它当马骑也没事儿。不过,它从不离香米太远。到了家,它总是在自家门口和小女孩玩。小女孩再喊,它也不上她家去。时间一长,小女孩和它形成了默契,迈着小腿晃着小手主动上门。以前,秋萍的男人常训小女孩:"别和狗套近乎,当心把你吃了!"她才不怕呢! 现在,他见女儿和狗在一起亲密无间,不再骂不再阻拦了,反而想趁着这种机会加入其中。女儿无所谓,狗却不高兴,一看到他来了,就双目怒瞪龇牙咧嘴,吓得他退了几步还要退几步。不过,他是不会轻易放弃的,一有机会,还是壮着胆子要和它交个朋友。

秋萍有点不解:"什么时候喜欢上狗了?"

"我什么时候说狗不好了?"他说,"这畜生招人喜。"

秋萍说:"得了吧你,真喜欢,我们家也养。"

他说:"那多费事,就这条人家养的,我们有空逗逗不是挺好。"

秋萍说:"还是自家的好。"

他说:"也不一定吧!"

秋萍说:"以前,你不是怪怕它的?"

他说:"现在还怕呀,你以为我是真喜欢它,告诉你,我是想逮个空儿把它杀了炖熟了吃。"

他的牙咬得嘎嘣嘎嘣响,脸上的肉都抽成了块儿。说完话,他伸出长长的舌头用劲舔上嘴唇下嘴唇,浑浊的口水在阳光下有些发亮。

"瞧你那馋劲儿,"秋萍笑话他,"好像几辈子没吃过狗肉一样。"

不管什么季节,老天一下雨,人们就不下地了,像农闲时一样待在家里。这一年的雨特别地猛,砸在地上叮叮咚咚的,一连下了三天带一个晚上,村前的大河涨了又涨,仿佛一个大肚子的婆娘。大雨是在一天夜里停的,这时候,已近半夜,大多数人家早关了门上了床。国才家也是的。雨还在下时,国才有气无力地躺在床上,一个被窝里的女人此起彼伏的呼噜和无节制的雨声混在一起。就在他要睡没睡时,雨像个哇哇大哭的孩子遭了什么惊吓似的,一下子悄无声息了。四处乌漆麻黑的,河水哗哗地流,他软塌的身子不知怎的来了劲,一种势不可挡的力量充满浑身的每一处关节、每一块肌肉。他猛地掀去被子翻身骑在女人身上,女人肉嘟嘟的身子像条肥鱼,剥掉了衣裳,更是像了。河里的水声越来越响,恍惚间,他登上了一条船。这条船并不大,在急湍的河水里忽上忽下颠颠簸簸摇摇晃晃,稍不留神,很可能就会翻。船是有桨的,他死死地抓住桨用力划,时不时地还要控制方向。前面的浪头实在是大,震得他头昏眼花、脑袋发涨。河里好像还有一种叫声,是鱼?是鸭子?是水鬼?又一个浪头打过来后,船爬到了最高处,紧接着直冲而下,潮水一泻千里。他紧张到了极点,忍不住大叫一声:"香米——"叫是没有用了,随着一声扑通,他落了水。这水面跟砖头地一样结实,他的屁股好疼好疼,是不是摔成了好几瓣,他不知道。

缓过气来,他才发现自己歪躺在地上,女人正破口大骂。看不见她的脸,但看到她那大大的嘴大大的眼睛和四处飞溅的口水,还有一只脚悬在半空中,五指张开。她边骂边拉灯,屋里亮了,几个孩子也醒了,稀里哗啦地扯着嗓门又哭又闹。左邻右舍的,纷纷披衣往他家拥。他火从心头起,抡起胳膊抽了她两记耳光:"哭丧啊!"她不骂不哼了。没戏看了,人们又回家了。

第二天,男人们自然不会放过国才。国才早忘了女人的那一脚,很是得意地眯缝着眼。屁股大的村子,谁家有点动静,想瞒也别想瞒住。国才夜里的事,人们从他女人嘴里听得明明白白,要是他早一点甩出那两巴掌,也许能家丑不外扬,可他不后悔,相反还以此为荣。

大伙儿让他说说是如何把老婆当成别的女人时,他说得眉飞色舞。

"吹吧你,有种的真来一回!"

"我还是我,身下的就不是我的女人了,信不信由你们。"

"身上的衣裳让人着魔,奶子是奶子,屁股是屁股。"

"怕是熬不住了,天天穿得这样风骚,我看得像有只猫抓心。"

"我一看到她,就像憋了一泡尿。奶奶的!"

国才的故事只是个药引子,男人们由香米的衣裳说到衣裳里的香米,如同捣药一样把香米放在嘴里捣来戳去。香米走过来了,衣袂好似风中的树叶翩翩起舞。男人们咽着口水争着和香米说话。

"香米,别累着了,要不我帮帮你?"

"香米,你这衣裳真好看,不过,不穿恐怕更好看!"

"香米,晚上就别插门了,一个人多怕!嘿嘿……"

香米不看他们,红着脸快步而去,身后放肆的笑声像条狗追着她。不是一条,是无数条。进了家,砰地关上门,香米张大口还是觉着喘不过气来。房里有家具、粮缸之类的,还不少,填得满满的,越是满,越是显得空空荡荡的。上了二楼,她浸在阳光里,纷纷扬扬的灰尘像雾又像雨,更像一面灰色的泛着银光的绸布。她拉上淡蓝色的玻璃,一切的一切又染成了淡蓝色。转过身来,她眼前是暗色的世界,身后是淡蓝色的世界。乏了,她瘫坐在水泥地上,坐了好久好久。

男人走了,香米天天和狗一起了,吃饭的时候,桌上的肉,她吃一小半,一大半给它。狗在有滋有味儿地吃,她筷子举在半空中,痴痴地望着它。它的吃相野性十足,嘴边上沾了不少的肉油什么的。她轻轻替它擦去,丝丝笑意挂在唇边。她瘦了些,它倒日益壮实。她在一人多高的玉米地里干活,它在离她三四米的地方一会儿悠然漫步,一会儿嗖嗖地转圈。玉米棒个个长得像棒槌,弥漫着浓浓的熟味。她坐下来歇一歇,狗亲热地凑上来,像个五六岁的孩子和她调皮。狗真是长大了,又重又壮,和她亲昵时,温存中的粗鲁常让她招架不住。她中午没回家吃饭,肚子不饿,也想早些把地里的活做完。现在太阳已经西斜,她有些撑不住了,连摸摸狗和它说说话的劲都没了。"去,去去,离我远点。"她想寐一会儿。狗知趣地跑开了。她迷迷糊糊打盹的时候,身后有一个人正偷偷摸摸像只老鼠朝她而来。她的脸上是一副熟睡做好梦的样子,根本不知道接下来会有什么事发生。

那人在距她几步远时,狗汪汪地飞奔起来,一声嚎叫后,从她头上飞过直扑那人。她只听到了噼里啪啦声、狗叫声和一种惨叫声。当所有的声音沉寂下去后,狗回到了她身边。她并不知道发生了什么事,爱抚着狗,想了一会儿没想出什么头绪,也就不再费脑子了。

到了第二天,狗看到玉菊的男人一瘸一拐地走在河边时,像发疯似的吼叫。香米喝住了它。玉菊的男人眼里有惊慌羞愧,她看出来了。

她折身回家,一路上使劲抿着嘴,到后来干脆捂得紧紧的。前脚刚跨入门,她就号啕大哭起来,声音在屋子里横冲直撞。她一手抄起剪刀,一手拉开衣柜门,一件又一件的衣裳,五彩缤纷、光彩夺目。

香　稻

稻穗飘香的季节,整个村庄好像就是一棵巨大的稻子,处处流淌着成熟的气味,把人又熏得跟稻子似的。人们天天到地头去瞧稻子,那眼神就像是在端详自家的乖孩子。在村子上空飘来荡去的声音只有一种:磨镰刀声。眼看着下镰就只七八天的工夫了,不料突如其来的一场大风,把稻子稀里哗啦地刮倒,把村里人们的眼睛都刮出了火星。香稻家的稻子伏地的最多。香稻蹲在稻田里哭了好一阵子,泪水从眼里流到脸上再滴进土里。

等到她的脚前湿了一大片,她不再哭了,再哭下去,哪怕哭得天昏地暗,哭得泪水哗哗淹满稻田,这倒地的稻子也不会自个儿直起腰,还得由她一根一根地扶啊。她抹干了泪水舒展了几下蹲麻的腿和腰,躬着身子把那些七倒八歪的稻子立起来。这一干就是大半天,远处村庄里都亮起星星灯火了,香稻这才走出稻田。

她家的地离村庄最远,有二三里地还多。成片的稻田中间,有一条不大不小的河,白天如同一条蓝色的绸缎落在金黄黄的海洋之上。河两岸的芦苇长得十分地茂盛。暗暗的月光,还是把河水照得幽亮亮的,将芦苇染成了银灿灿一片。无数的虫子在争相鸣叫,显得夜十分地宁静,只是偶尔有几只鸟儿惊飞,其实也就是在芦苇间扑棱几声。她觉得自己该走快些早点回到家,可心里又希望慢慢地,慢一些再慢一些。她并不是想好好看看这样美的夜色。她早没有了观赏美景的心思。

当芦苇丛中几十只鸟儿惊起的同时,香稻听到了鸟儿拍打翅膀的声音,听到了芦苇被挤压折断的声音。接着,她看到一个黑影冲到自己跟前。夏天的蚊虫多,香稻扎的头巾把脸捂得只露出两只眼睛。而那个黑影也把脸蒙得死死的,也只露出一双眼睛。香稻没有喊没有叫,似乎也没怎么挣扎。转眼间,香稻随那人到了稻田的深处。

这里的稻子长得厚实,香味浓醇,和香稻家的田没什么两样,但她知道这绝不是她家那稻田。香稻被那黑影摔倒,稻子被香稻压倒一大片。断裂的茎秆像钉子一样扎着香稻,香稻借着翻滚的机会,把倒地的稻子压了压,寻到了一处柔软不硌人的地儿。这地儿舒服啊!她本想摊开身子伸展四肢的,可最终还是蜷起身子双手似紧似松地搂着膝盖。她闭着眼,然而还是能感觉到满天的星星在眨眼,月光如早晨河面的雾气。香稻嗅着熟透的稻香,感觉自己就是一棵稻子,一棵熟了不能再熟的稻子。

那个黑影把香稻的裤子褪下一条腿,上衣捋到香稻的脖子处。他粗暴得像在剥羊皮,一个只要羊肉不稀罕羊皮的屠夫。那手扬得不高,幅度也不大,可劲道不小,动作干脆利索。外面的风凉丝丝。香稻觉着自己就是一粒熟透半炸开的稻谷,露出晶莹雪白得晃眼的肉体。香稻被那一双手蛮横地扳着平摊在地上,承受着月光的洗浴和星星的窥视,经受着邪恶而饥渴目光的逼视。一个沉重的身体轰地砸在香稻身上,力量巨大,却显得笨拙而高度紧张。两只粗糙的大手先是在香稻身上胡乱摸,接着似饿急了的乞丐一样牢牢抓住香稻那依然相当饱满、弹性十足的双乳,握、晃、捏、抖、搓、揉……一切手掌和手指能做出的动作,他似乎都做了,只是速度极快,完成的质量不太好,好像还有几次指甲嵌进了香稻的肉里。香稻想喊疼,可张口无音;想手抓脚踢,可双腿被压着,双手只能发劲地抓住稻草根。上面一阵忙乱和喘息之后,香稻身子猛地向上一弓,整个腰都离地了,如同一条倒放着的船儿。她觉着那久违的空间一下饱满起来。没有刺痛,有的只是一些不适应。

这以后,香稻的整个人就像浮在水面的一枚树叶。漂啊漂,颠啊颠……等到一切安静下来,香稻睁开闭了许久的双眼,看到的只是月亮、星星和四周无边无际的稻子。月光是那样柔和,星星是那样地光芒四射。她起身弄好衣裳,径自走了,没理会那些被糟蹋得不成样的稻子。贴在地面上的稻子像个巨大的磨盘摆在田地中间,更像一片稻海上的一个圆圆的煳煳的疤。人在远处,是看不见的,可从空中往下瞧,再醒目不过。

香稻不知道自己是怎么从稻地里回到家的,进了家关上门,一个人站在黑暗里好一阵子,她的魂好像才回到她的身上。她煮了小半锅玉粟糁儿粥,倚着灶台一气儿痛快地喝。她搁下那像小盆似的大碗,抚弄浑圆的肚子时才想起自己从没一顿喝过这么些粥,她还想起进家来还没顾得孩子呢!去了大屋点上灯,孩子已经抱着桌腿睡了,口水流了一地。

这一夜,香稻睡得沉沉的,一个梦没做,只是早上起来时头有些疼,身子骨有些不得劲,是那种介于舒服和不舒服之间的不得劲。

后来,香稻想起那天晚上的事,浑身就哆嗦。奇怪的是,这样的哆嗦不单单是恐惧,总有些兴奋或者别的什么差不多的东西掺在里头。这才是她最害怕的。许多时候,她觉得不是全身在发颤,而是骨头被一块块碾碎,没有疼痛,只有震在耳里麻在心头的骨头脆裂声。

她着实搞不清自己到底是怎么了,只能不停地问自己,怎么会这样的呢?一遍又一遍,一遍再一遍,越问,她越惊慌,可越惊慌,她越要问。

香稻的丈夫朱国奎在家排行老二,有个大哥叫朱恩田。母亲生他时难产死了,连生下的是个丫头还是小子,都不知道。父亲是两代单传,到了他这一辈有了两个儿子,也没什么想的,一心拉扯儿子长大成人。恩田结婚的第二年,有了个丫头。这一年,恩田当上了村长。要说,他这个村长也来得挺容易。田分到自家了,人们基本不求村里了,这村长也就没什么可作为了。前任村长主动辞职,一心一意为自家做活了。别人看村长没什么油水,都不愿为村里做事荒了自个儿的田,就鼓动恩田。恩田想,这村长再没什么油水,孬好还是个村长嘛。他不但应承了,很快走马上任,而且要干出一番名堂。

恩田的老婆菊花,还想让恩田再努力一把的,她知道,不替朱家生个带把的,她这腰杆子总是挺不直。可恩田说:"我现在是村长了,是干部了,得严格执行基本国策,我要生二胎了,全村都学我,那还得了。"恩田还说:"就你那地儿,种子下得再多,还是个出丫头的肚子。"显然,恩田把生不出儿子的过错像一堆烂泥一样全摺在菊花头上,让她怎么也抹不干净。这让菊花很来气,可又没多少胆和他理论。在村子里,一个女人没长出传宗接代的本事,总是被人瞧不起的。可菊花不同。在村里人看来,菊花才是真正的村长。有了这样的看法,谁还在乎她生的是个什么,想巴结还来不及呢。这么一来,菊花成了村里唯一的生个女儿却趾高气扬的女人。村里那些只有女儿的女人直恨自己命苦,没个好肚子又没找到好男人。

菊花没有因为生了个女儿而难过多少天,公公也是这样。公公本来看着不带把的孙女和美滋滋做村长的儿子,一天到晚唉声叹气。村里老人劝他,别急,不是还有老二嘛!经这么一提醒,他宽心了,脸上也绽放出笑容,投向菊花的目光也不再那么硬邦邦的。这时,香稻还在自家的村里快快乐乐地做姑娘呢。她可没料到,她未来公公对她寄予了多么大的厚望。

有这么两三年,菊花过得还是很滋润的。恩田这村长干得不错,村里人这才觉得有许多事还得靠村长去办的,恩田也尝到了诸多当村长的甜头。村里人少不了恩田,恩田这村长当得又有板有眼,也就聚生了威信。这下,菊花的地位也显出来了。

叔子相亲,菊花里里外外帮着出主意想办法。到了办喜事的日子,她更是跑前跑后,忙得不可开交。那模样,那神情,又是个当家的,又是个跑腿的。她脸上始终笑得像油菜花那样鲜艳、喜人。直到香稻的一声"嫂子",让菊花盛开了好长时间的笑容一下子败了。菊花责怪自己昏了头,这哪是为叔子娶媳妇,是给自己找不自在。香稻要是生个儿子,可就是家里的大功臣了。

香稻年头进门,年尾就让公公抱上了孙子。也不知怎么搞的,孩子满月的那天晚上,公公撒手西去,没有一点征兆。第二天早上,一家人看到的是一脸笑意的老人安躺在床上,只是笑意已僵硬。

第二年秋天的一天,香稻抱着不足一岁的儿子在屋檐下喂奶,丈夫举着明晃晃的斧头砍院外的一棵梧桐树。丈夫光着上身,背部的肌肉块块棱角分明,在阳光下发出古铜色的光芒。丈夫的强悍在村里是出了名的,常被村里一些女人挂在嘴边说个不停。香稻不知道别人怎么评价自己的男人,可她对男人夜里的动作十分地满意。有个这么好的男人,有个白白胖胖的儿子,香稻常想,她这辈子算是掉进蜜罐里了。她男人那挥斧的功夫也不错。不消多久,树就摇摇欲坠。丈夫围着树转了一阵子,咧开大嘴回头冲着香稻和儿子笑。

树倒下了。哗啦倒地的树硬生生把香稻砸成了寡妇。

原本用来做家具板子的梧桐树,被香稻劈了当柴烧。她一个女人家拿起斧头硬是把梧桐树劈成了一尺长、桌面厚的木条。村里人有的看不得她这么辛苦,有的心疼那些上好的木料,可谁也不敢在香稻面前吱声。这当口儿的香稻虽说眼里心里都是泪水,可整个人就是一团烈火,谁要招惹她,轻的会被烫得不轻,重了还指不定怎么的呢?劈树时,香稻咬着牙;把木条往灶里塞时,她瞪圆眼。直到成堆的木条化为灰烬之后,她眼前还是那棵正往下倒的大大高高的梧桐树。梦中,她常被倒下的梧桐树吓得惊醒过来。

菊花像为叔子办婚事那样勤快地为叔子办丧事,又一次显示出长嫂的风范。她如同母亲那样安抚伤心断肠的香稻,以村长夫人、嫂子和当家的三种身份,招呼着乡里乡亲。一切妥当后,菊花听着香稻的幽幽哭声,计算各家各户送来的礼钱。恩田看不过去:"这钱啊,还是给香稻吧。"菊花往手指上啐了口唾沫,边数钱边回敬道:"你这是什么话,事儿我来办,心思我来操,让她吃现成的,我可告诉你,她是你弟媳妇,你少在她身上用心。"这话菊花自己都不相信。恩田现在是一门心思当村长,对男女这事根本没多大爱好。她之所以要这么说,是因为她觉得这样的话最能让恩田挡不回来。再说,在办丧事的间隙,她已盘算出了个绝好的主意。不过,她是不会对恩田说的,更不会给香稻透一点风儿。

国槐在这江苏东台朱家湾里是个人物,人长得高高大大,脸盘儿周正,是村里最有文化的人。庄稼活样样在行,还会吹一手好笛子。他是个孤儿,从小就没了爹娘,是奶奶把他拉扯大的,在他二十岁那年,奶奶入了土。他和香稻家男人同岁,但至今没成家。倒是有不少人给他做过媒,每回都是他不乐意。他的心思全落在香稻身上,别的再好的姑娘,他都瞧不上眼。他是看准了香稻。

一天,香稻正喂猪,国槐扛着锄头在她后头问:"还记得你当新娘那天我的话不?"说完,他就走了,也不管香稻听了会怎么想怎么说。

香稻是忙了一天躺在床上才琢磨起国槐的话的。她结婚那天,国槐和许多人来闹新房。在众人乱得最起劲的时候,国槐贴在香稻耳边说:"你啊,是我要找的女人,你该做我的女人。"当时,她没在意这话。闹嘛,动动手,快活快活嘴,是这里的风俗。今天国槐一提醒,这话从心里泛上来,她才觉得大事不妙。她想到了那个晚上,莫非那人是国槐?国槐的身材,和那人差不多,就连喘息的声音也几乎一模一样。那天晚上的事出了后,她偶尔会想起,想那人到底是谁?她既想知道是谁又怕知道是谁。

第二天一早,国槐端着碗蹲在门口喝粥,目光不住地往香稻门口瞅。这习惯自香稻嫁到村里就有了,一没事,他或蹲或坐在小板凳上,看或是进进出出忙里忙外,或是和国奎说笑的香稻。香稻一脚刚刚跨过院门的门槛,就浑身不自在,眼睛瞟了一下,发现国槐正直勾勾地盯着她。她出门的脚倏地缩回来,一摸脸,滚烫。

这么几天下来,香稻受不住了,心里好像有个什么东西老在拱啊拱的,可要说讨厌啊恨啊什么的,又没有。一天,晚饭前,香稻到河边汰衣裳,不知怎么的,国槐站在她身后。香稻见四下无人便压低嗓门:"你怎么这样?"

国槐笑着指着自己的鼻子问:"是和我说话吗?哎呀,这世道真是变了,你主动和我说话了?这可让我等了个把年。"

香稻拍打手里的衣裳:"你怕是闲出病来了?"

国槐还是笑嘻嘻的:"从你到了村里来的那天起,我天天都是这么看你好几回,你没发现?"

香稻的脑子里总闪出那晚的情景。国槐的一举一动,真像是那个人。香稻有好几次差点开口问一问国槐,可她没法让话出口。

香稻汰完最后一件衣裳:"呸,你是个滑头!"

国槐没有回嘴,香稻走后,国槐走向村前的油菜地。郁郁葱葱的油菜生出无数浅黄色的花苞,少数的已披上一蓬黄灿灿的花。花丛中肯定有蜜蜂,可看不见它们的身影,倒是嗡嗡声在菜地上空越来越响。

国槐有吹笛子的爱好,笛子是他随身的伙伴,走到哪儿都离不开。做农活间隙,他会取出笛子摸摸看看,但从来不吹。每到这时,人们就怂恿他来一段,解解乏。他说:"解乏?解什么乏?"他心里想的是,笛音要是用于解乏,那是糟蹋。他吹笛子,只在傍晚,只在河边。这时候,村里人大多在做饭,一柱柱炊烟从各家升起,渐渐消失在浅红色的天空里。国槐坐在河边用来汰衣裳的土台上,河水缓缓而流,大大小小的鱼儿或觅食或游戏。响起的笛声,好像随着河水流向不知何处的远方。没有多少人会留意笛音,在地里劳作了一天,回到家还有一大堆的家务活等着,孩子没回家的要去喊啊找的,在家的更烦心。谁还有闲空听那不能吃不能用的笛子声?国槐不管这些,吹笛子是自个的事,是吹给自己听的。在国奎没死时,国槐吹笛子的气力好像不太足,那声音也如同一个流浪汉在村口徘徊。现在不了,笛音中有一只马儿在奔跑。

香稻是在屋里叠衣裳时,听到河边传来的笛音的。这声音很陌生又十分熟悉,似乎一直沉睡在她心里的某个角落,此时一下醒了过来。叠得整整齐齐的衣裳,不知怎么被她的手弄翻了,她瞧着地上的花花绿绿,莫名其妙地恐慌起来,像是当姑娘时独自走夜路一样,又像是乘舢板时眼看着一个浪头就要打过来。

有了这种恐慌,香稻几乎在一夜之间发现,只要她一出门,国槐就在她眼前晃动。其实她也知道,国槐没做什么,仍然还是和以前那样。看到现在的国槐,以前的国槐的一举一动在脑里清楚起来。她想不明白的是,为什么以前就没留意到国槐呢?或者说眼里就没国槐呢?就好像村里根本没这个人似的。

香稻从国槐的笛音中,怎么也想象不出那晚上那个人就是国槐。不过,她又对自己说,这人啊,兴许一个时候一个样儿,谁知道呢?

没了男人,香稻心里像失了水的塘,没了生气,空得不能再空。再择个男人嫁了重过日子的事,她一想就不乐意。自己的男人入了土,她舍不得依着别的男人。儿子还小,找个后爸,总要亏他的。再说了,女人找二夫,别人她能理解,可要自己做起来,心里不踏实。她还是在意自己的名声的。国槐的心思,香稻自然晓得。她只恨自己是个寡妇。

恩田家与香稻家离得并不远,中间也就是隔十来户人家。一个村子,大能大到哪儿去?再说,大不大,有时与实际的距离好像无关。恩田家的房子是他结婚时,父亲为他盖的,三大间三小间一个大院子。那时,他这房子是村里最气派的。父亲住的是老房子。国奎结婚时,村里兴起盖小楼,父亲就在老屋边上为老二盖了二层六间的楼房,也有个院子,不过没恩田家的大。父亲去世后,老屋闲置了些日子,老二走了,菊花就把家里的一些东西摆到了老屋,说是家里塞不下,就先存在老屋吧。恩田知道她是想占住老屋,但没说什么。香稻也晓得菊花的心思,更没说什么。她现在孤儿寡母的,人家又是大嫂,她能说什么呢?

恩田以前常从香稻家门前走过,可自从香稻成了寡妇后,就换成走香稻家后面的那条路了。每到了香稻家附近,他脚步就快了许多。这天,他仍是匆匆地走着,突然一声奶声奶气的"大大",让他停住了脚步。一个两岁多的孩子在他前面不远处的路边望着他。他像是猛地被什么东西敲醒似的,这是香稻的儿子,他的侄子啊。他好久没见过这孩子了,对他的模样几乎认不出了,只是感觉告诉他,这是他的侄子。

他鼻子一酸,快走几步蹲在孩子身边:"你刚刚叫我什么了?"

孩子比刚才怯生了,低声唤道:"大大!"

自己差点不认得孩子了,孩子却像是天天见他一样。孩子叫完后,挣脱了恩田的怀抱向家跑去,消失在院墙拐角没多大会儿,他的小脑袋又探出来,两只眼睛牢牢盯着恩田。恩田痴痴地看了会儿,走了。他走了一段回头一看,孩子还在看着他。这样子,很像弟弟小时候看自己。他比弟弟大六岁,小时候弟弟成天跟在他屁股后头,人家笑他弟弟是跟屁虫,他弟弟小脑袋一昂:"我就是,我高兴,怎么了?"那样子,得意极了,自豪死了。弟弟胆小,不敢调皮,但喜欢看恩田玩。恩田用弹弓打鸟,弟弟就远远地躲着看。鸟应声落地,弟弟跑过去想捡,可一见鲜血淋淋的,他又吓得藏到一边。要是有谁趁恩田不在欺负了弟弟,事后,他会带着弟弟去报仇。一路走时,弟弟神气活现,可等恩田动手揍人家时,他早躲在一旁一副想看又不敢看的样子。弟弟这种柔弱的眼神,让恩田好生快活。可现在,弟弟的儿子,他的侄子露出这样的眼神,他觉着那是一把叉子在刺他的心。

恩田不敢再回头了。

怎么会这样的呢?

恩田在回家的路上,一直想不通。他进家时,菊花正在院子里帮着女儿扎小辫。这时,晚霞映天,金色的阳光漫在院子里,洒在菊花和女儿的身上。一片金色,让恩田有点眩晕。菊花和女儿不见了,只有香稻的儿子站在院子里。小家伙在金色的阳光中,像团火灼得恩田眼睛生疼,心一抽一抽的。夹在手上的烟不知什么时候掉了,落在他光光的脚面上,他却浑然不知。直到脚一阵灼痛,他才反应过来。

"怎么才回来呀?"菊花手里没停,也没看恩田,"你说你今儿个偏偏到镇上去了,我娘家来人,也没等着你。"

"嗯,嗯,"恩田回过神来但还有点恍惚,"有事啊?"

"没事就不能来我们家?"菊花说,"倒是没什么事儿,不过说着话,倒让我想起来个事儿。我娘家边上的那村子有个树才,对香稻有意思。我想想,香稻一个人挺不容易的。我这做大嫂的总得帮她寻个好活法吧。我想帮他们撮合撮合,真成了,香稻也就出头了。再说了,有些事儿不明不白的,真弄大了,让你这村长怎么干呀?"

恩田漫不经心地掏出香烟:"怎么了? 你听着什么了?"

"我听着什么了? 这村里谁不知道,香稻和国槐近着呢,人家说什么的都有。你说说,国槐像个没长大的毛头孩子,能看得上香稻? 我是怕香稻耐不住了出乱子,也怕她被那毛头小子骗了。"菊花说,"我盘算了一下,咱村里也没能和香稻般配的。香稻那么能干,长相也不赖,你又是村长,总得找个差不离的人家吧。"

菊花说到这儿,不吭气了,她是在等恩田下主意。说是等,其实也不是。家里的事儿,恩田从来拿不到主意,都是菊花说了算。菊花的等,只是给恩田一个接受的时间。别说家里的事,村里人有点什么事,大多不找恩田,尽找菊花。

菊花动的什么心思,恩田清楚得很,可他不说。他想起了那孩子的叫声和眼神,想起了弟弟和父亲,一边想一边蹲在一旁死命抽着烟。

菊花还是没看恩田:"这事也不能老拖下去,我吃了饭就和香稻说说去。我们女人家的事,你甭费心了。"

香稻见菊花带着女儿来了,心里一紧。大嫂什么时候上过门的,香稻已经记不得。平日里在村里遇上,香稻叫声嫂子,菊花不搭话也不停下脚步,只是笑笑。那种笑容就像风一样从香稻面前飘过。现在,当另一种笑容出现在香稻面前时,她有些陌生。其实她是先听到一声"弟弟"后,才看到菊花的。菊花的女儿离香稻家老远就喊"弟弟",进了院门,就和弟弟玩到了一块儿,就跟天天在一起玩似的。其实,她很少见到弟弟,见了也会远远躲开。要不然,妈妈知道了,轻的会揪她耳朵,重了就得用扫帚打屁股。这一次,菊花一拍女儿的后背:"好好和弟弟玩,不许欺负弟弟哟!"女儿愣了一下,随即露出过年时才有的表情,顾不上去想妈妈为什么今儿个会让她和弟弟在一起,还可以好好玩。

菊花有个嗑葵花籽的嗜好,别的女人一有点闲就是纳鞋底、织毛衣……乡村的妇女手头总有忙不完的活儿。菊花是一天到晚嗑瓜子。瓜子是她精心挑的,一个个长长的、滑溜溜的,好像全一般大小。一把这样的瓜子卧在手掌里,她轻轻地捏上一粒,手在胸前慢慢地划过一道弧线,瓜子就嵌在牙齿浅浅的豁子里。看不出她是怎么咬开壳儿嚼的,只见她腮帮子一鼓,壳儿飞出好远。她才不管是在哪儿呢,自己家里、别人家、田间地头、大路小路上,都是这样。村里人都说,菊花吃瓜子的模样,就跟恩田在台上做报告一样。当然,这话是背着菊花说的。往常菊花只顾自个嗑瓜子,不会给谁一点儿的。今天好像不同。她从口袋里抓一把递给香稻:"来,陪嫂子嗑嗑,这可是上等的好瓜子。"香稻犹豫了一下,还是接了过来。她悄悄地把一粒瓜子含在嘴里,牙齿努力了好大一会儿,才算是吃到了仁。她没有像菊花那样吐壳儿,而是用手小心地拿出来。菊花面前的瓜子壳一地了,香稻才吃下三四粒瓜子。在瓜子壳从菊花嘴边飞出的同时,一串串的话似乎比那壳儿飞得更快:"大妹子,你老这样下去也不是办法,谁叫我是你嫂子,谁叫我疼你们娘儿俩呢,我不帮上一把,我这心里过意不去啊。"菊花的话看起来像瓜子壳那样轻巧,可扎得香稻耳膜疼心也疼。她怕的就是这一天的到来。她低着头不吭气,只让瓜子在嘴里打滚。菊花不理会香稻的反应,把该说的全说了。她把树才的情况绘声绘色地向香稻介绍,说着说着,就忘了嗑瓜子了。

走的时候,她撂下一句话:"这事儿容不得拖,你掂量着办吧!"菊花走开好远,香稻还僵在门框边,孩子拽她衣角,她动也不动。

菊花陡然间对香稻热情起来,在路上遇到时由陌生人变成两姐妹,让村里人好生奇怪。菊花逮着点空,就和香稻吹吹风,说找个男人如何如何的好,说树才如何如何的好。香稻基本上是不说话,但不好意思太不给嫂子面子,只能静静地听。这中间,菊花还请香稻到家吃过一顿饭。到了菊花家,香稻才晓得菊花还请了一个人。这人就是树才。香稻原以为只是来吃饭,还奇怪嫂子怎么突然请她吃饭。

树才不同,他知道是来相亲的。菊花对他说:"想我们家香稻的人多着呢,我们家的门槛都踏平了,我是看你这人好,才帮着你张罗的,成不成,看你本事,可别说我没帮你。"树才原来有个很好的家,两年前,他那为之骄傲的拖拉机翻到沟里,带走了他儿子和老婆的命。奇怪的是,他一点都没受伤,甚至连皮都没破一块。他没觉得幸运,只认为这就是命啊。这以后,他觉得房子在村里最气派,家境在村里最殷实,总不如有个女人强。没有女人的家,再好也不好,屋里家当再多,也显得空落落的。当他动身来菊花家时,他感觉又像是头回相亲。他比香稻先到菊花家,香稻进门,他只看了一眼头就低了。就这一眼,他就记住了香稻,记住了香稻的好。香稻也只是看了树才一眼,就再也没抬眼皮。她把儿子搂在怀里,好像生怕别人看出她心跳得厉害。

吃饭时,恩田一个劲儿地喊树才喝酒,树才拼命挡住酒的诱惑,做出不会喝的样子应付了两三杯,就再也不碰酒了。香稻这顿饭也没吃好,好在有儿子,她可以不停地专心喂儿子。倒是菊花吃菜说话两不误,吃进的是菜,吐出的是话。恩田晓得菊花能说会道,可今天还是觉得她这嘴皮太利索。香稻实在待不下去了,就掐了儿子一下,儿子哇哇哭起来,她借口领儿子回家了。香稻一走,树才主动喝起酒来。菊花问他怎么着,他吞一口酒:"她嫂子,我这人有什么说什么,早听说香稻的好,今天见了,我中意,让我倒插门,我也乐意!"菊花忽地脸色一沉:"还倒插门?你个大男人,怎说这么没出息的话?我跟你说,我可是觉着你是个大男人,才把我们家香稻说给你的。"树才忙说:"她嫂子,我这是说香稻的好呢。"菊花回敬道:"我们家香稻当然好了,不过我可告诉你,你要是动了倒插门的心思,这门亲事你就做梦去吧!"

树才走后,恩田责怪菊花话太重,让树才险些下不了台,菊花心里还有气:"你们男人就这德性,你说树才他好端端要倒插门干什么,不会是既要香稻又图那家产吧?要真是这样,我这顿好饭好菜算是喂狗了。我不会让他得逞的,你看好了!"

侍弄庄稼有忙有闲的时节,也就是农忙和农闲。以前,香稻喜欢农闲。地里没什么活儿,在家里待的时间就多。男人的体力费在地里多了,花在香稻身上的当然就少了。要不往田里耗,男人自然会在香稻这块地上尽情翻耕。每到这样的夜晚,香稻就觉着夜太短,哧溜一下就滑过去了。现在,没了男人,香稻喜上农忙怕起农闲。农忙好啊,累得跟条狗似的,回到家倒头就能一觉困到天亮。这一闲下来,夜里的时光就难熬了。要么是睡不着,要么是做梦。要命的是,做梦做着做着就醒了。在梦中,总有个男人在自己身上折腾,可她看不到那男人的脸。那模样,那身子,那动作,像自己死去的男人、像国槐、像树才,又谁都不像。醒了就再也睡不着。她坐在床上一会儿后,下去在屋里走来走去。外面的月光亮闪闪的,洒在她身上就像是水。这种时候,她从不穿衣服,月光下,她的皮肤更白更细腻更耀眼,泪水也愈加透亮。泪水一道道落在身上,好似刀划过一样。有时,她会站在窗边,让窗格的影子把身子切成一块又一块。手在皮肤上时而游走,时而抓挠,她浑身颤抖,嘴里发出像呓语一样的声音。她就是夜晚的一条河。村里的那条河,在夜里头,没人去看,自个儿在流动,在呻吟,在低声歌唱。她不知怎么搞的,居然想到河边的那条路和那稻田,想起那天晚上的一幕。有的晚上,她只想那男人的气味、喘息和有点粗野的动作,想到一定时候,她就打自己的耳光。有的晚上,她发劲想知道那男人究竟是谁,把村里的男人在脑子里过来过去。实在找不出了,她就问自己,要晓得了他是哪个,那怎么办呢?她不知道该怎么办,就不去想了。

乡村的夜晚很静,静得能让香稻听到虫子的私语。远远地传来脚步声,很轻很轻,如同微风拂过河面。这声音,香稻再熟悉不过。香稻悄悄把门闩抽开转身上床。儿子滚到了床中央,她把儿子抱到床的最里面,然后,她闭起眼摆出熟睡的样子,让自己白晃晃的身子沐浴在夏夜的月光中。

那脚步在门前停住,一声"嫂子"声音很小。香稻是不会答应的。门开了又关了,没点儿声响,可香稻知道,她现在要做的是让自己的睡相更加逼真,就像一个三千年没睡过的人现在睡着了一样。用乡村人的话说,大睡如小死。那就让自己小死一回吧,香稻打定了主意。

他走到床边,以目光替代月光洒在香稻身上。他又唤了一声"嫂子"。香稻真想一跃而起,双臂勾住他的脖子,把他的头埋在自己胸前。可她不能,只能在心里一个劲儿叫,傻小子,你来呀!我睡着了,我不省人事了,你想怎么样就怎么样,我不会醒的。这会儿,我这块地就是你的了,你喜欢怎么折腾都可以,快呀!快呀!

他在床边,随着喘息加重,身上的衣服也件件落地。这衣服不像是他扒下的,而是喘息剥去的。他似小孩初次下河游泳一样上了香稻的身子,一身的肌肉贴在香稻那柔软而有弹性的身子上。

月光没了,烈烈的阳光来了,香稻真想翻身把这团阳光压在身底下,想让阳光由下到上像灶火一样把自己燃烧起来。她没有动,没让身体有任何的反应。他如同在耕一块地。香稻稍稍动了下身子,好像是在睡梦中不经意的扭动。香稻身上每一处都在欢歌,只是恨自己为什么就不敢醒过来。她的肉体在快乐,心却在不停地挣扎。

不知过了多久,香稻从高空回到了床上。他趴在那儿,反而不怎么喘息了。香稻满足的同时,失落爬上心头。

他走了。

香稻的身子成了一堆稀泥,动弹不了,当然她也不想动。她这块地,好久没人这么翻过了。她觉得浑身都是湿漉漉的,像从水中捞出的一件衣裳。月光已经没了,原来天已亮了。香稻这才明白自己是做了一个梦。

只是,梦是那样地真实而清晰。

挑　河

在东台三仓乡朱家湾,朱姓是大户,其他姓氏的不多,王姓的也就两家。王少海家是一家,方萍的丈夫王生华家是一家。这两家人走得很近,王少海和王生华从小也是最要好的玩伴,好得比亲兄弟还亲。村里人说这俩兄弟以后娶对姐妹才好呢。可是他们有一次一起到镇上去时遇到了方萍,都对方萍产生了好感。王少海家先去提的亲,可方萍看上的是王生华。到头来,王生华娶了方萍。王生华结婚那天,王少海喝完喜酒就走了。这让王生华好奇怪,即便别人全不来闹洞房,王少海也该来啊。方萍知道王少海不会来,因为他心里还是放不下她,这让她在担忧的同时又有些说不清的淡淡的幸福感。

方萍过年结的婚,春上王生华就和王少海到北方的一个小煤窑打工。没多久,在一次下矿时,王生华再也没上来。方萍到矿上时,看到王少海守在王生华尸体边,心头一热。可后来她听矿上人说,王少海和王生华在一个作业组,出事那天,王少海是最后一个跑出来的,这事有些蹊跷,在矿下时,明明是王少海在最前面,王生华一直在他后面。这让方萍有了想法,可没有什么证据,她也不好说什么。她带回了二十万块钱和丈夫的尸体,和她一起回来的还有王少海。他说那在地下卖命的事不能再干了,要不然迟早也会走上黄泉路,还是回到村上好好种庄稼,冬天再去挑河。钱不会挣得多,可总是能过上平平安安的日子,心里头踏实。

这一路上,王少海勤快得像个小跟班似的,这让方萍的想法更多。她一直不动声色,仇恨却已经在悄然啃噬悲伤。

方萍置办丧事时,王少海忙前跑后出了不少力。村里人都说王少海心肠好着呢,可方萍不当回事,王少海做什么,她不阻拦、不言语,好像眼前就没王少海这个人似的。王少海也不管方萍的态度,在他想来,能为方萍做些事,他心里会好受一些。农忙时节,王少海丢下自家的农活来帮方萍打理。刚开始,方萍还使脸色赶他走,可他不管方萍是什么态度,一声不吭地干活。他心想,我才不问你方萍怎么看我,我只要对得起我那死去的兄弟就好。后来,方萍也就懒得说什么了,心想,你想干你就干呗,我就当没看见。后来,她的脸色渐渐平静,心里却认定自己对王少海的怀疑是对的。她在找一个机会,为丈夫报仇。一心复仇的念头也如同一条河,潜在方萍心底,表面上风平浪静,里头却汹涌无比,随时都有决堤的可能。

王少海几乎成了方萍的当家人,至少在外人看来是这样的。渐渐地,村里也传出风言风语。有些人就说,看看吧,当初王少海向方萍提过亲的,可没争得过王生华,现在王生华没了,王少海这小子心里又活泛了。王少海知道村里人对他的举动说三道四,可他不管这么多,该做什么,他照做不误。方萍也不在乎人家指手画脚,只想着再套出些王少海心里的话,琢磨着一个好时机让丈夫在黄泉瞑目心安。只是王少海是个闷葫芦,只知道埋头干活,方萍说上十来句,他顶多蹦出一句半句的。不过,方萍看得出他有心事,而且挺重的。方萍不会对王少海太冷言冷语,过度地冷落他,很可能让他对她起了防备之心,那样的话,她方萍想报仇就有些难了。

方萍想过一刀剁了王少海,或者下毒让他立刻见阎王去,可她又放不下公公婆婆。她在寻找一个神不知鬼不觉的方法,一些日子下来,没抓住什么好时机,倒觉得自己快撑不下去了。

一入冬,村里的男人都会去挑河。挑河,其实就是挖河。在平地上新挖一条河,或者趁冬季河水少时清埋淤泥,把挖出的土用筐子挑到岸边。挑土要的是铁肩膀和铁脚板,河越来越深,人也被担子压得矮了不少。在村里人看来这河不是挖出来的,而是实实在在挑出来的。在江苏东台,人们就有了"挑河"这样的说法。这些年,挑新河的活儿不多,但年年都有老河得挑一挑,今年这条,明年那条。冬天不挑,来年的夏季,老河就会像没得到照顾的孩子一样大发脾气,把水漫到田野村庄。那样一来,庄稼人准没个好收成。

挑河是男人们的事,在那里就是生火做饭也是年老的男人打理。可今年,方萍也要去挑河。

方萍长得白白嫩嫩的,很容易让人想起水汪汪的白萝卜。村里人爱把女人和河做比较,还形成了他们对女人的见识。生过孩子的妇女像泛滥成灾的河,身子膨胀了,人虚了,肉松了。这样的女人,男人虽然可以在波浪中纵情颠簸,但除了精疲力竭,好像余味并不怎么好。岁数再大些的女人就是一条日渐干涸的河,你站在岸边都觉得惨不忍睹,根本没办法下水。刚从姑娘到新媳妇,年轻又没生过孩子,这样的女人才是一条真正的好河。河水饱满但不放纵,波浪有力但不失温柔。这样的河,具备了河的所有优点和美妙,是最完美的河。在村里男人眼里,方萍就是这样一条河。男人们都想跳到这河中扑腾一阵子,就是那些不会水的男人也想在这样的河里游一回,他们说,哪怕是淹死,只要能蹚一次这样的河也知足了。

方萍要挑河的事在村里传开后,风言风语像雾一样在村里弥漫。比较集中的一种说法是,方萍有那么多票子,根本不在乎挑河这点钱,肯定是这新寡妇到冬天耐不住了,想到挑河的男人堆里,找男人把她当河挑了。男人在村子里给自家的女人看得紧,去挑河可就没人管了,雾气在男人们的心田滋养出许多草茬,弄得他们浑身上下痒滋滋的。

方萍找到村长时,村长正坐在自家门前眯缝着眼晒太阳,阳光像一双双手在抚摸村长。村长嘴里含着烟,一只手摸着身边的茶壶。到了挑河时,村长也会坐在堤坝上这样晒太阳。他不需要干活儿,只督促别人干活。这活儿干得多,钱就拿得多,没有他看着,谁也不会偷懒和钱过不去。可村长喜欢这样看着大家劳动。

村长说,你要去挑河?是你挑河,还是河挑你啊?这大冷天的,你还是在家待着吧。方萍站在村长面前,胸脯挺得高高的,直勾勾地看着村长,直把村长看得心里毛糙糙的。当她发现村长盯着她胸脯时,她拽了拽衣服:"那你说我去能做什么?"村长说:"你要去只能是做饭,总不能让你像我一样坐在那儿吧?"方萍说:"那我就去做饭!反正这事就你村长一句话嘛。"方萍把目光聚在村长的眼眶里,说话的声音柔柔的,给村长的感觉却不像是在求他帮忙,而是替他安排工作。方萍说完话,停了片刻,转身走了。村长看着她摇摆的屁股,一阵燥热,低语道:"这娘儿们,口气老道,人新嫩着呢!"

　　第二天,方萍去了一趟镇上,没人知道她去做什么的。她回来后,直接去了村后的那片树林,她丈夫的坟在那儿。深秋的树木像老人一样,浑身的沧桑。坟头上的草黄黄的,虽然还站立着,但生命早已随风而去。看到这一切,方萍觉得丈夫好孤单,泪水爬满了她那鲜亮的脸。她在坟前坐了很久,就像当初在一旁看着熟睡的丈夫一样坐着。从树林出来的方萍比往日安详了许多,就好像完成了一件大事,又像是怀揣了一个天大的承诺。

　　在回家的路上,她遇到王少海时笑了笑,还说了几句家常话,一点也不像刚哭过的。自从方萍的丈夫出事后,王少海总做噩梦,梦中是无边无际的鲜血,是撕心裂肺的叫声。白天只要方萍不笑,他就总觉得方萍是冷冷的样子,天气再热,他也禁不住打战。现在看到方萍的笑容,王少海第一次主动说话了:"你不该去挑河的,那儿乱着呢!"方萍咬咬牙:"我这才该去呢!我知道你是关心我,我心领了!"望着方萍远去的背影,王少海短暂的欣喜像一阵风一样飘得无影无踪,心头压着的那块石头反而更重。

这是一条老河。它太老了,老得留不住水。因为积的淤泥太多,刚入冬,河底的土裂出无数的口子。河两岸的杂草枯瘦一片,倒伏的比站立的多得多,槐树掉光了叶子,只有凌乱的枝条插向天空。老河就像一位老人,脸上布满皱纹,牙齿几乎脱光,孤独地坐在萧瑟的大地上。四面八方的挑河人来到后,从河底到大堤处处撒满了人,老河活泛起来。挑河人住的帐篷,离河堤不远,同村的人的帐篷集中在一起,好像是一个缩小了的村庄。方萍的帐篷也在其中。其他是好多人聚在一个大帐篷里,方萍一个人住,她的帐篷很小。不需要做饭时,方萍就拎上几个水瓶坐在高高的河堤上,看着男人挖土挑土。有女人注视着,男人们的步子轻快了,话语多了,笑声大了。朱家湾的男人时不时就到方萍那儿弄点水喝,害得方萍过一会儿就要去烧水。后来,大家觉得方萍因为烧水离开的时间太长,心里没了着落,就不约而同地变了方法,去喝水的次数增加了,可每次都只抿一点点。这样一来,一个上午方萍顶多只回去烧一次水。方萍不知道怎么回事,来了人就热情地招呼:"没事的,喝吧,多喝点,喝完了我再去烧,费不了多大事的。"男人们的目光从方萍的脸上滑到胸脯,一下子又跌回到自己的碗里。碗里装的几口水,他们会喝上好一阵子。其实这水越喝,他们心里越渴。那些烧水做饭的老爷子,很少到堤上,只待在帐篷边,村里的男人要喝水,自己来就是了。这些老爷子除了做饭,好像就是在不停地烧水。没办法,这帮男人喝水如牛饮。老爷子在一旁提醒:"一次不要多喝,喝多了胀肚子,不好的。"可每个喝水的男人端起满满一碗水咕嘟咕嘟就没了,有的还想弄第二碗,老爷子一把夺过碗:"去、去,你是渴死鬼投胎啊,待会再来喝!"

男人来喝水,大多数都要和方萍说上几句话。几个人一块来,准会有意说些荤多素少的话,个个的眼睛还忘不了瞟瞟方萍。他们看起来是自己闲聊,其实每一句话都是冲着方萍的。只有晚上回到帐篷,男人间的话语才是互相打趣的,这时候可不是。方萍抿着嘴笑笑不怎么搭腔。大家看她不气不恼,兴致更高。也有些人觉得方萍结婚没多久,男人就没了,可能对男女之事知之并不多,所以他们的话中话,有时她是听不懂的。这让他们觉得更有意思,更刺激。有的人心里还在盘算,这样下去,把方萍当河挑一把,不是难事啊!人家喝水时都故意靠近方萍,只有王少海端碗水走到一旁蹲着。王少海来时不言语,方萍倒主动和他说话。现在方萍面露浅笑,语气柔和,王少海反而心里不是滋味儿。王少海刚喝了一口水,就觉着这水有股咸味。方萍拎着水瓶到他面前,高声地说:"添点水吧!"接着又压着嗓门:"活重出汗多,喝些盐水补身子。"看来,方萍只是为他王少海一人碗里放了盐。他想到方萍如今这个样子还关心着他,而他却不知道能为她做些什么,他心里更愧疚。

方萍坐在高高的堤坝上,男人们忙碌的身影在她眼前晃动,有的男人十分抗冻,这大冷天的还能光着背,背上汗气直冒。方萍瞧着瞧着,就看到丈夫也在人群中。他挑着筐,筐里的土装得老高,他的步子比谁的都快。等她眼前清晰起来,丈夫变成了另一个男人时,她的脸上已经挂满泪水。她擦干泪水后,目光几经飘忽后落在王少海身上。她远远地看着王少海,满脸的肉止不住地颤动,牙齿咬得嘎嘣嘎嘣响,一双目光就像两条钢丝在绞着王少海的脖子。王少海离她近了,她的脸色又变得柔和起来。她递给王少海一碗水:"你看你,小心身子骨。"王少海接过碗,浑身不自在,双手止不住有些发抖,碗里的水现出了浅浅的波纹。见惯了方萍怒里含冤的脸,现在她一下子热情温存起来,他心里暖洋洋的。方萍的目光在他脸上和碗里来回滑动,他知道他脸红了,举着碗喝水刚好能挡住。水还是那熟悉可人的咸味。他喝完了水把碗还给方萍,方萍的脸上现出一抹如晨雾般的笑意。

劳累了一天的人们,聚在帐篷里。有的呼呼大睡,有的围在一块儿打牌,更多的是在神聊。叮聊得再多,话题总是离不开女人,就像风筝飞得再高,总被线牢牢地拽住。

方萍烧了一些水弄到帐篷里,想洗洗身子。自打来了之后,她一直没能好好擦擦身子,感觉整个人都发馊了。她脱掉上衣,沾水的毛巾刚碰到身子,一阵凉风就从身后袭来。她本能地捂住前胸一扭动,村长像堵墙,一下就站在她身后。也就在这时,只听得帐篷外有人大喊:"村长,村长,不得了了,要出人命了。"村长极不情愿地掀起门帘往外走,人出了帐篷,目光还很有意味地在方萍身上停了一会儿。方萍听出来叫喊的人是王少海,虽然王少海是故意捏着嗓子叫的。这让她的心揪得更紧,原来王少海一直在暗中盯着她啊。这个家伙,心还贼着呢!幸好,他也不会长久了。

王少海先是看到方萍提热水进帐篷,紧跟着村长就去了,知道要坏事,就用喊声把村长引了出来。村长慌忙出来后,转了一大圈也没问出是谁叫他的,再一看村里人个个都像平常一样,知道有人故意和他作对,气得上气不接下气。在铺上躺了好一会儿,可心里还是舍不下方萍。到了后半夜,他摸着黑向方萍的帐篷走去,半路上突然挨了一棍,倒地时脑门又磕在一块半截子砖头上。

第二天,人们面前的村长头上缠着一块白毛巾,上面渗着血。村长说晚上起夜一不小心摔了一跤,别人都信以为真,只有王少海知道村长在说谎。那一棍子就是他打的。方萍看到王少海不正眼瞧村长的样子,也大概知道昨晚发生了些什么事。

自那以后,王少海天天夜里都睡不踏实,就是睡着了也有一只耳朵醒着听着外面的动静。村长的举动让他意识到在这个男人堆里,方萍一点也不安全,总会有男人打她的主意的。他得保护好方萍。

方萍不相信王少海是为她好,一定是这男人想霸占自己,看起来不动声色,心里头鬼点子多着呢!

后来,王少海的衣服划了一道大口子,随风一飘像一面旗帜。晚饭后,方萍让王少海去她帐篷一趟,王少海只得去了。进了帐篷,方萍让他脱下破衣服,他只得脱下。方萍缝衣服时眼睛看着王少海:"你怎么对我这么好?"王少海脸腾地红了:"我、我,我得照顾你。"方萍手颤了一下,心想,这个臭男人,不打自招了吧,说是照顾我,其实是想把我的心焐得暖乎乎的,再让我死心塌地跟他过日子。她稳了稳情绪,佯装在感动之下怀有情发诸意:"真想照顾我,那你娶我吧!"王少海吓得退了好几步:"我,我还没想好,我不想对不起生华哥。"

听到这话,方萍更加想死去的王生华,恨眼前这个衣冠禽兽王少海。她的眼泪顿时涌了出来,外面的风声刺得她心生生地发疼。这个男人样子长得老实,心机倒是藏得挺严实的,她真想抄起身边的剪刀扎过去,让这个男人陪她丈夫去。可转念一想,不能就这样便宜他,还是按想好的方法做才好。

这一年的挑河结束,大家又挣得不少钱,可朱家湾的一些男人却打不起精神来。他们原以为有方萍陪着他们挑河,总能让今年的挑河与往年不一样。好几个男人夜里都打过方萍的主意,可都没能得偿所愿,有的莫名其妙地被绊得四脚朝天,有的一脚落空掉在坑里。他们知道有人在作怪,可自己心里有鬼又不好明说,只能怨自己没这艳福。

王少海挑河回来后不久,就常觉得头昏乏力,他以为是挑河的日子睡得太少的缘故,也就没在意。可两个月后的一天,他突然起不了床了。他这才明白自己是得了怪病,没几天活头了。这一天他让家人去找方萍来。

方萍当然知道王少海得的什么病。在挑河的日子里,她每天都往王少海的碗里下一点药,等着有一天他慢性中毒而死。这样神不知鬼不觉的报仇,唯一的不足就是不能让王少海死得明白。这几天她在盘算有什么办法能在王少海断气前知道是她下的毒,没料到王少海倒主动找她。她心里喜滋滋的,脸上却很平静。

躺在床上的王少海,已经睁不开眼了,喘气也越来越慢,随时都可能停止。方萍俯下身子想轻声对他说她一路上想好的几句话,她要让他知道是谁送他上黄泉路的,又是为什么要这么做,只有这样,她才觉得她这仇报得利落了。可王少海突然一把攥住她的手,眼睛睁得老大:"嫂子啊,我对不起生华哥啊。那天,要不是生华哥不要命地拉我,我早没命了,是生华哥替我去死的啊。他对我说的最后一句话是'替我好好照顾你嫂子!'可苍天不帮我,我怎么去向生华哥交代啊……"

屋子里一下如冬天的河面一样安静,方萍听不见王少海的说话声,只觉得他的那只手如一把刀在她的手心里剜来剜去。她的心很疼,远比她听到丈夫的噩耗时更为痛苦。她不知道为什么这样,也不知道她是怎么从王少海那儿抽出手走到门外的。月光如雾气,薄薄的雾反倒如月光一样晶莹。她如团棉花一样坐在地上,耳朵里灌满了各种动物和昆虫的声音。她还是第一次知道村庄的夜晚会有这么多活物的叫声。

她是想哭的,可怎么也哭不出来。

乡村的这个夜晚尤其漫长。

早上,在乡卫生院门口,方萍拉着医生的手哭喊着救人,身旁是个平板车,车上躺着王少海。

医生护士们只记得这男人中了什么毒,忙着实施抢救,谁也没顾得上方萍,更没有人注意到她左腿肿得很厉害。

当王少海从昏迷中苏醒过来时,一位医生对他说:"送你来的那个女的被蛇咬了,没救了!"

王生华的坟还没旧,边上又添了一座新坟。这坟是方萍的。

一连好几天,王少海都坐在坟前说着同样一句话:"生华兄弟,我没照顾好嫂子,反而拖累了她!你们两口子都救了我的命,这可让我怎么报答啊?"

这一年的冬天,没有了往常的挑河。也不知道为什么,这以后,朱家湾再也没人去挑河。换句话说,河,再也没有人挑了。

桥头有条狗

我探家前给家里打电话说最近要回家一趟,但没说准是哪一天。如果说了具体的一天,母亲一定会一大早就到桥头等,一直等到我回来。尽管当我踏上回乡之路时,想起桥头上有母亲的身影,我会感到很温暖,可我不想让母亲这样做。我知道,一旦我的目光中出现了立在阳光下的母亲和那随风飘动的衣角,我会泪流满面的。我不愿意落泪。母亲在电话里说:"泥巴啊,你回来前无论如何要告诉家里,我或你爸到桥头接你。现在桥头的那条狗脾气没个准头,弄不好要咬你的。你得千万记住啊!"听着母亲焦心的口气,我答应了母亲,我不想让母亲为我担心。放下电话,我才想起忘记问母亲,桥头的狗怎么了?一条狗能出什么怪事?这一路上,我心里都在犯嘀咕。要知道,我这回探家,也是冲着狗回来的啊。

我们这个村子在江苏东台三仓乡,叫朱家湾,离海不远,这里的狗不多,狗也不固定在谁家,今天在东家,明天在西家,村里人都习惯了。狗,是村里所有人家的。狗们吃饱喝足了会在村子里闲逛,会和孩子们嬉戏。好像不论白天黑夜,总有一条狗坐在桥头。在我的记忆中,桥头一直有这样一条狗。外乡人来过我们这村子但忘记了村子名时,就会说:"就是那村子,就是桥头有狗的那村子啊。"我小的时候,常和伙伴们在桥上玩。到了盛夏,我们从桥上往河里跳,水声、笑声、打闹声在桥上桥下震荡,可那狗却不为这一切所动,一动不动地坐着。

说起来,我的命是狗救回来的呢。那年我在河里玩耍时腿抽筋,伙伴们见我在水里扑腾,一下子全吓傻了。就在我筋疲力尽,被灌了半肚子水时,一条叫大黄的狗把我拖到了岸边。那一年我十四岁,大黄才两岁。大黄是头一天到桥上来,后来它两天里就有一天在桥上,它和另一条狗轮流到桥上来。以前的那一条狗不再到桥上来了,晒场成了它的去处。夏季在晒场边的树下纳凉,冬天在草垛里取暖。它老了,是该多享享福了。

我当兵走时,大黄可是一直把我送到桥头的啊。我参军走的那天一大早,大黄就蹲在我家门口。人们簇拥我往村头走时,大黄的身子一直在我腿边蹭来蹭去。从村头到公路还有十来里,乡亲们会把我送到公路。大黄到桥头就站住了,尾巴不停地摇。我好几次回头唤大黄,想让它再陪我一会儿,可大黄反而坐下了。它坐在桥头,身子挺得很直,眼睛一直盯在我身上。我发现这时它的目光与平常遥望远处时的完全不一样。这样的目光让我心酸酸的,步伐有些沉重。在新兵连时,我只要一做梦,就会梦到大黄。后来我下到老连队也时常想起大黄。它那目光让我温暖,也拉长我对家乡的思念。

我一看到村头的那座桥和坐在桥头那条狗时,觉得自己终于到家了,这些年积攒的思念像副担子一样被卸了下来。

路两旁的麦子已经熟了,一片金黄,麦香如同雾气一样围绕着我。一身橄榄绿的我,走在麦海中,倒像一片大大的绿树叶。其实,这时候,我离桥还远得很,桥上的那条狗,我也只是隐约看到些影子,我凭直觉认为桥头那小小的黄点就是狗。

现在,桥上这狗双耳耷拉,两眼望着桥的那一头以及通往村外的大路。这狗一身焦黄,不胖不瘦,背挺得直直的。阳光下,狗的影子被拉得很长很长。许多外村人第一次远望这桥这狗时,总以为桥上有一座狗的石雕。这也难怪,瞧狗的坐姿,就像是已经坐了几千年一般。

我走上桥头,狗双耳直立,起身后退了几步,又冲上前朝着我吼叫。我往前走一步,它就退一步。等它退到桥中央时,它不再退了,摆出了副一夫当关的架子。我笑着说:"大黄,你不认识我了?"狗止住声瞅了我一阵子,突然又叫了起来,而且做好了进攻的准备,但对我的戒备好像弱了些。

我想,自己离家日子太久了,大黄一定不认识了,所以才把我当作生人对待的。想到这儿,我叹了一口气,趴在桥栏上望着清清的河水看了好一会儿,才转过身来注意这座桥。桥的模样,与我六年前离家时的大不一样。桥面上原先的泥土不见了,现在铺着厚厚的砂砾,桥身上的青砖也被抹上一层灰白的水泥。不过,我还是觉得桥还是原来的桥。从桥头看村子,树少了许多,新房子冒出不少。这些新房子,都是些二层的小洋楼,白瓷砖上烧制了各式各样的画。画的内容很有时代性,风格还是在乡村传承了上千年的年画样式。瞧着村子这般的大变样,我居然一点生疏感也没有,反而倍感亲切,好像村子一直就是这样,根本就没变,一丝一毫也没走样。

我捡起一粒石子扔到河里,河面上溅飞着水花,嬉戏的鱼儿吓得四处逃。我呵呵地笑了。狗起来站在原处看看我,摇了摇尾巴,又坐下了,目光不再盯我,而是重新搭在通往村外的路上。我知道这时候我可以过桥了。

这时候,正是盛夏的下午。村子里静静的,没有人,没有鸡鸭。我走在村子里那条宽宽的水泥路上,皮鞋底磕出咔嗒咔嗒的音儿,显得格外地响亮。自家的房子是村里为数不多没重盖的一座，我当然认识路。我们弟兄仨都劝父母盖座新房，哪怕翻新一下也好。可父母不乐意，说："你们弟兄仨都上外头去了，我们老两口孬好有个窝就得，就别糟蹋血汗钱了。"

我越走越觉得奇怪，村子变化这么大，我走着走着，村子却仿佛回到了从前的那样子。看到的和沉淀在心里的感觉严重错位，我陡然间觉得十分地恍惚。这种恍惚，其实从我踏上桥头的那一刻就有了。

我向村子深处走着，狗在后面不紧不慢地跟着，距我总有那么八九米的样子。我停下来，它也止住脚步，两眼若有所思地瞅着我。我转过身子与它对视，它却坐下来，把头扭向一旁。我走着走突然回头看它，它赶忙收住步子并向后退上两步，以保持与我的正常距离。我拐上自家房边的那条小路后，狗坐在大路上，眼睛一直盯着我。说真的，想想它的眼神，我心里就有些发毛。这狗怎么的了？不认识我了？在监视我？还是在考虑如何袭击我？我走了几步又转身倚在墙角悄悄地观察狗，只见狗回过身，悠悠地向桥头晃去，身后的影子拉得很长很长。我呆呆地看着狗和它的影子，直到看不见为止。

我来到家门口，门锁着，我坐在兀槛上，后背靠着朱红的大门点起一支烟。我抬头吐烟时，猛然发现狗就坐在我面前，离我也就是五六米的样子。我摇了摇头揉了揉眼睛，确认自己头不晕眼没花时,心里咯噔了一下,这狗,这狗怎么回来了,而且速度这么快?我抽着烟看着狗在想,这到底是怎么回事呢?

烟燃到半截,母亲回来了。

"泥巴,你真回来了!"母亲拍拍身上的衣裳,"我估摸着今儿个你该到家了。"

"妈。"我站起来迎了两步。

母亲还在拍打衣裳,眼睛却生出了泪水:"在田里做活觉着回来看看心里才踏实,没想到你真到了!"

我嘿嘿地笑。

母亲抹了抹眼泪上上下下打量起我:"长成大人了,妈都快认不得了。"

母亲比我当兵那年老多了,脸上的皱纹多了,肤色更黑了。我是想从母亲身上找出些时光和劳作的痕迹,可没找到,母亲还是我六年前的母亲。

"妈!"我的喉咙突然像有个什么东西堵着一样,这让我吓了一跳。母亲拉住我的手,细细打量我。

"妈,鸟窝还有啊!"我的目光从母亲的脸上滑向了屋前的那棵老槐树,又看着狗,"这是大黄吧,它好像不认识我了?"

"在是在,可不是先前的喽,这狗也叫大黄,可也不是以前的大黄了。"母亲从窗台的瓦罐里掏出钥匙开了门,"进屋吧!

你不是晓得钥匙放在哪儿吗?"

"晓得!妈你电话里不说我也晓得,不过我喜欢坐在门口等。"我要提包,母亲却已经拎起了包。

"还说呢,小时候你好几回歪在门边上就睡了,脸被狗舔得乌七八糟的,也没醒来。"

我知道母亲一说起我小时候的事就没个完,每次打电话都是父亲再三让她别提那些陈芝麻烂谷子的事,她才不情愿地收住话头。父亲只和我说工作的事。父亲说的很多话,确实有道理,对我很受用,可我还是更喜欢母亲说我孩提时的事儿。每次在电话里听到母亲的讲述,我就仿佛听到了门前河里的流水声。从母亲口中道出的往事,能让我知道自己是谁。

水缸里养着鲫鱼,这肯定是父亲下河捉的;有已经煨好的猪的肚肺汤,有炖好的猪蹄子,这些肯定是父亲起早到镇上买的,由母亲一手收拾的。这三样都是我小时候最爱吃的。

可就是这种时候,我还是没能忘记大黄:"妈,那原来的大黄呢?"

母亲看看我,脸色变得既沉重又有些内疚的样子:"死了,去年这个时候死的。"

我一下子怔住了,自离家之后我一直想着大黄,每次打电话写信,我都要问问大黄的情况,爸妈回回都说大黄好着呢!我好几次说,大黄老了,实在不行我们家就好好养养它吧。也就是在去年这个时候,妈在电话对我说,大黄已经开始天天在我们家了。没想到,其实那时的大黄已经死了。我呆呆地站着,表情凝重起来。母亲见我这样,连忙说:"你这孩子,不是怕你担心嘛,我们知道你对那狗的感情。"

我和母亲说话时,狗不知什么时候来到我身边。我蹲下来想和它亲近,不料我的手刚伸向它,它一下子又跑开。

"哦,这狗也叫大黄,其实它是原来那大黄生的,今年四岁了。"母亲看了看狗,"这事有点怪了,这狗除了吃饭,其他时候都在桥上的啊,今儿个怎么离开了?这几年,可从来没有出过这样的事啊。"

我说:"它是看我回来了,陪我的吧,要不就是监视我的。"

母亲说:"你离家时它还没出世呢,它不认识你,陪什么呀?要是说看你,那也不对劲,专门有几条狗在村子里转悠啊,就是盯那些生人的。这大黄只待在桥上啊。"

母亲做了两个荷包蛋,放了些红糖端到我面前。在我愣神的工夫,又端来一大碗肚肺汤,漂着绿油油的葱花。我最爱吃肚肺了,我拿着筷子就要下手。母亲说:"出去几年把规矩忘了,先把蛋吃了,又没人和你抢。"在我们这儿,儿子外出进门,要先吃荷包蛋。这是规矩,至于为什么有这规矩我不了解。我只好先吃荷包蛋再吃肚肺。

我喝得肚皮鼓鼓的后,帮着母亲摘菜洗菜。后来,母亲在灶前忙,我在灶后烧火。在我的追问下,母亲断断续续地告诉了我大黄的一些情况。

自我走后,大黄就天天坐在桥头,不再让另一条狗和它轮班。

这些年,村里乡亲到外面闯世界的多了,外面的人进入村子的也多了。每逢有人与村子告别时,大黄总是在仰天长啸,有人说它在悲伤,有人说它在为远行人祝福,也有人说,什么也不是,就是狗叫呗。而当外乡人进村子时,大黄总会在桥上摆出要狠狠咬人家的样子,有的人吓得不敢进村子,有的人会被听到狗叫的乡亲接到村子里,也有些不怕狗的,既不对着狗喊也不做什么反抗的动作,只是往村里走,这大黄居然也放行了。后来村里人看出了大黄的这一习性,就和要来村子里的亲朋好友说好:"到我们村子桥头,你们别怕那条狗,你们装着没事走你们的,也就一点事儿也没有了。"大黄不知道这些啊。

那次一个戏班来村里演出,戏班子的人提前也得到关照该如何通过有大黄守着的桥。可是别人全过了桥,唯独戏班子的老板被大黄堵在桥中央,任凭那老板如何若无其事,大黄就是不让他过。后来老板和戏班子的人都吓唬大黄,可大黄根本不怕。大黄见大伙要对它动粗,它一下子冲上去咬住老板的裤腿,眼斜着看众人,那意思是,我先咬衣服给你们瞧着,你们要再对我不客气,我可就要撕下一块肉了。

这事一直僵持到村子里带人到了桥上,才把老板接过桥。大黄在后面叫了好久,那声音在村子上空飘荡,好像有些哀怨,有些不满。

晚上戏班子演完戏后,戏班子老板摸黑到村西头的朱成家,说朱成家的二女儿朱翠丽是学戏的好苗子。朱翠丽从小爱唱戏,有事没事都爱哼上几句。现在人家老板说让朱翠丽学戏,但不是做学徒,一个月还要给五百块钱的工资。听戏班子老板这么一说,朱成一家人都觉得是天大的好事上门,当然是欢天喜地答应了。戏班子老板在回去的路上,大黄不知从哪儿窜出来把他的一只手咬得血淋淋的。第二天,朱成带着朱翠丽到戏班子,戏班子老板说什么也不收了:"这好事不能做,瞧你们村子里的狗把我咬成这样了,不让你们赔钱就是好事。"朱成说:"这狗我得好好收拾它,你老板可不能因为一条狗毁了我姑娘的前途啊,我们家姑娘可是把唱戏当作命啊,只要你带她学戏,那钱我们就不要了。"戏班子老板又细细打量了朱翠丽的模样:"那好吧,带就带着吧,学得好不好就看她自个儿肯不肯听话了。"朱成说:"不会的,我们家姑娘那么爱唱戏,肯定会听话,你就是他爸,只要能让她唱好戏,你怎么管教都成。"一旁的朱翠丽连忙说:"是啊,老板,我全听你的。"戏班子老板脸上露出他人难以察觉的微笑:"好、好,有你们这话,一切都好办了。"

村里许多人都来送戏班子,其实他们是送朱翠丽的,大家都说朱成家姑娘这下子有出息了。

大黄立在桥中央像将军一样威风凛凛,一身的长毛随风而动,在阳光下如同无数的飞箭。人们还没到桥头,它就大声吼叫起来。它后腿半弯,两只前脚不停地抓地,好像随时要一跃而起。那些平常与大黄关系特别好的人心里一惊,大黄这是怎么了,难道疯了不成?戏班子老板吓得脸色苍白。等人们到了桥头,大黄也冲到了桥头,这可是从前没有过的。朱成看到大黄的这架势,知道不使点厉害,这狗不会放戏班子过河。他抄起一根棍子挥舞着走近大黄,大黄不看棍子不看朱成只死死盯着戏班子老板。朱成见吓唬不成,就一棍子砸向大黄,大黄不躲不让。也许是朱成没想到大黄不躲闪,也许他是真要好好教训教训这坏他家事的狗,棍子落在大黄的一只前腿上,当时就听到骨头的断裂声,大黄发出刺耳的哀嚎。趁着这工夫,戏班子老板几乎是连滚带爬过了桥。可当朱翠丽从大黄身边走过时,大黄咬住她的裤腿,抬头看着朱翠丽,目光中充满企求。朱翠丽厌恶地踢开大黄:"狗东西,平常对你太好了,真是不知好人心。"

这以后,大黄天天守在桥头再也不回村子,它的儿子,也就是现在人们也叫大黄的这狗,早中晚会叼些东西给它吃。

还没一个月,朱翠丽就回来了。走过桥头时,大黄温顺地走上前,可朱翠丽没理它,跑回了家。

当天晚上,只听见朱成在家大骂戏班子老板是个畜生,朱成那口子哭得震天动地,人们去看,才知道朱翠丽上吊死了。

从那以后,大黄天天在桥上呜呜叫,不吃不喝,过了五天,就死了。朱成说这死狗,就让它在桥上生蛆。我母亲看不过去,想想大黄还救过我的命,就把它埋在村后的树林里。就为这事,朱成还到我家唠叨了好几次,好在,他没有掘大黄的坟。

父亲从地里回来时,桌子上已摆满了菜。"回来了,"父亲放下手中的锄头,从柜里提出两瓶白酒往桌上一摆,边卷袖子边说,"来,喝几盅!"

父亲刚把酒倒好,几条狗就聚到了桌子边。母亲一脸惊讶:"哟,这狗昨天才在我们家吃了的啊,今儿个怎么又来了?而且全来了。"父亲笑了:"我们泥巴回来了,它们是来看我们泥巴的吧。"

这是我第二次和父亲喝酒,第一次是我当兵离家的那天。按照家乡的规矩,小孩子家是不能上酒桌的,更甭提沾酒。能上桌子拿酒杯,就说明已长大成人,在父母眼里是大人了。这好像就是家乡一带通行的一种成人标志。

一瓶酒,父亲喝了大半。酒多了,话更多了。父亲先是打听我在部队里的事儿,这些事有多半此前已在电话里说过好多次了,可父亲还是像没听说一样在问,我也跟从没说过似的在说。母亲除了不停地给我夹菜,就是听丈夫和儿子的对话。

我有点小酒量,但没嗜好。到部队后,我是想培养起这方面的爱好的,因为,酒确实能帮着解决许多难题,可我对酒始终热乎不起来。倒是学会了吸烟,而且抽得挺凶,一天得一包半。我从口袋里摸出烟才想起家里还不知道我会吸烟呢,又想放回去。

"吸上烟了?"父亲眼睛一亮,"给我也来支!"

父亲一直抽水烟,这是我头回见父亲抽香烟,也是最后一回。后来,我再给父亲烟时,父亲晃晃手中的水烟枪:"还是这对我的味儿,香烟这玩意儿我消受不了。"

母亲说:"儿子吸上烟,你不管管,还和他一块儿抽。"

父亲往喉咙里倒下一盅酒:"哎,我说啊,往昔做活儿唠叨个不停,今儿个儿子回来,你忙得屁颠屁颠的,也没见你多吭气。"

"灌你的吧,"母亲替丈夫倒上酒,"少说两句,没人说你舌头短。"

父亲不依不饶:"就是嘞,哪个儿子进家,你忙得都欢。"

这顿酒喝了足足有一个时辰。我帮着母亲刚收完桌上的东西,就有乡亲来了。父母进家后都没出去,我回来时也没碰到人,嘻,村里人还是晓得我回来了。人们把时间掐得还怪准,不早不晚,恰好喝完了酒,一切收拾利索了。村里人就是这样,他们有自己独特的消息传递方式,有把握时间的力量,尽管我还没弄明白这其中的缘由,我也没法弄明白。用大人的话说,这种事说不清的,只有成人后在村里待上几年才行。这道理我懂,当兵也是这样。要想了解营区,要想身上有兵味儿,不在营区里泡上几年,再怎么着也无济于事。我高中毕业就参军入伍,没有这样的机会在村里泡着。现在,我反倒不想刨根问底。乡村,也许有些神秘存在,才能称得上乡村。我喜欢让乡村留些神秘。

第二天,我早上还没醒,现在的这个大黄就爬到床上舔我的脸。我起床后,它咬我的裤脚像是要带我去什么地方。我就跟着它走了。

它带我到了村后的树林,那里有一个小小的坟包。这片树林,是我儿时的欢乐天地。我与伙伴们在这里打架在这里和好,过去的那个大黄在我们周围蹦跳。现在树林里的树长大了不少,也有些已经枯死。现在耕地越来越少,树林也越来越小,还在长的树们总让人觉得无精打采,倒是那小坟上的杂草长得十分地茂盛。

现在的这只大黄趴在坟边,嘴里发出孩子般的呜咽。我听不出它在表达什么情绪,但我知道它一定在诉说着什么,是在向谁倾诉。至于是对坟里的大黄,是对我,还是对乡村,还是对天地间的万物,我真的不知道。

我在坟边站了很久,后来大黄依偎在我腿边不叫了。满地的青草根根竖得直直的,就只有大黄卧的地方,草长得很慢,就像天天被什么东西压着一样。是的,就是一条狗卧在那里的印迹。我在想,是不是每天大黄都会来到坟前趴上好一阵子?它是不是在与母亲对话?它会说些什么呢?

这以后的几天里,大黄不再到桥上去了,天天和我在一起。

我走的那天,它也只是把我送到桥头。我几次回头,都见它直直地坐在那儿,就像当年它的母亲一样。

我回部队的第四天,我母亲打来电话说,大黄死了,它自己在它母亲坟边扒了一个坑躺在里面。我母亲看到后,弄土把它埋上了。

现在，我时常分不清两条叫大黄的狗，在我的心里，它们是一条狗，一模一样。在我的记忆中，我们村子的桥头，只有过一条狗。可是，这只是我的记忆。从那之后，我们那座村子的桥头再也没有狗了。

跋　共时空的旅程

时常会想起故乡村口的那座桥,一座砖质五拱桥。密密麻麻的青砖紧紧挨在一起,半圆形的桥洞牢固且不失优雅。倒是桥面显得过于随意,坚硬之上是与庄稼地一样的泥土,桥两边没有护栏,只有高出两砖的边沿和随随便便的野草。这座桥是孩子们的乐园,也是通向世界的起点。儿时的我站在桥上,只会朝通向远方的路张望。这条路穿过庄稼地穿过村庄到安弶公路,向东可至三仓镇,最东面是大海,向西,可去东台县城。当年,我只到过三仓镇,至于县城,只在爷爷的讲述中。没有什么具体的画面,只知道爷爷早上天没亮就出发,临近半夜才到家,这是步行去了县城一趟。

当年的那座桥,一直鲜活在我的记忆里,随着我离开故乡年头越久、距离越远,桥以及桥上的我越加清晰和生动。桥,成了我潜回乡村生活的起点。我每次回到故乡,总会在桥上停留一会儿。桥,依稀还有当年的模样,只是老了,上面新铺的水泥也无法掩饰它的沧桑。这时的我,只将目光洒向村里。曾经的村庄隐去,眼前一片陌生。回到故乡的我,彻底迷失了。是的,我四处漂泊时从未迷失,反倒是回到生命之初的地方,彻底迷失了。

走在村里,那里熟悉的地标消失了,那些熟悉的人逝去了,但巨大的陌生里,某种亲切感依然在。这不是臆想,而是心弦的震颤。某一天,当我站在村中的一处水塘边,我有所顿悟。这时是上午九点钟左右,天气很好,水塘里还有晨雾飘忽,就像往日的记忆和未来的想象。水塘原本很大,或者说,在我的记忆里,水塘有一个足球场那么大,而现在小得只如半个篮球场。我一直认为,门前的那条河只是村庄的过客,其里有远方的消息和秘密,但并不属于我和村庄。这水塘无沟渠通到外面,真正地是村庄的一部分,自然也属于我。上纳天空下接大地,人间的一切都被它不动声色地注视和铭记。这水塘以自己的方式与整个世界联系着,从而又是整个世界的缩影。儿时的我坐在塘边不会想到这些,而我有所悟时,我已与这水塘这村庄一样变了又变。有什么是不变的?眼前的真实可能是最大的幻象和极端的虚无,然而"此时此地"又是最真切的存在。

"知过去而明未来",一切又汇聚于"当下"。水塘,是一个关于世界与生命的隐喻。村口的那座桥,其实是一个人的修辞。

小时候的我走在乡村的夜晚里,满星的天空代表我的想象,一片漆黑的周围是世界的真面目,而远处家里的灯光,是我的现实以及未来。成年后,再行走于乡村的夜晚,我很少仰望天空,因为只想拥有村庄,不需要漫无边际的幻想。村庄在哪里?村庄就在看不见的黑暗里。这巨大的黑暗,是村庄,也是我。时间和空间,都已经没有任何意义。我融入黑暗之中,或者说,我是一块走动的黑暗。那些灯火通明的房屋,不是村庄,恍若城市或者世界的尽头。这个夜晚很宁静,我只听到我的心跳声,那些喧嚣以无比宁静的方式安然于天地。孤零零的我,心灵最为丰盈,乡村的路并不平坦,但我每一步都走得异乎寻常地踏实。这个时候,现时的村庄在真实的大地上,在我的感受里,但在我的目光之外。已经归隐于岁月的村庄,端坐于黑暗之中,长在我的皮肤上,化在我的呼吸里。我不是村庄的全部,我的全部来自村庄。

这么说来,最为可靠的村庄当是夜晚与白天的合体,而未到来的明天则是这阴阳互动的可能。村庄如此,世界如此,我们每个人亦如此。

人们总会想念故乡,就像爱沉浸于回忆一样。不要纠结于过去、现在和未来,我们都是共时空的合体,生活都是共时空的行为。之于写作者,如此的共时空存在和旅程更为明显。故乡叙事,是文学无法忽视的一大重镇。细分起来,故乡叙事的路径不尽相同。鲁迅的《故乡》是"返乡"式写作,以当下的"我"与曾经的"乡村"展开对照和审视。周作人曾说:"鲁迅在《故乡》这篇小说里纪念他的故乡,但其实那故乡没有什么可纪念,结果是过去的梦幻为阳光所冲破,只剩下了悲哀。"另一种则是故乡的在场性写作,回到乡村,以乡村的当下为时空场域展开书写,或是非虚构的,或是建构乡村的进行时。

在我看来,更多的乡村叙事则是以作家童年或成长期的乡村为叙述时空,进行当下性的过去式写作。作家的心念和体验是当下的,所写的人和事是过去式的。这正应和了"所有的历史都是当代史"的理念。有人说,作家就该热情地参与当下生活,实时性书写时下的生活和情怀。殊不知,如此"当下性的过去式写作",本质上就是实时性的写作,且有极具深度的"当下感"。当然,这是一个可以广泛讨论的文学话题。

我的故乡写作,源于我对故乡的既熟悉又陌生,更是迷恋儿时乡村之于我神一般的存在。乡村有关孩子与成人的界限相当鲜明并十分严苛,如此,乡村的成人世界是拒绝孩子闯入的。过去的生活、未来的日子,孩子可以无限制地进入,唯独当下的日常,对孩子而言是河的两岸,无法越雷池一步。孩子与成年人,儿女与父母,生活有重叠部分,但更多的是彼此封闭。这似乎不仅乡村如此,不仅过去如此。我在儿时未知这其中的奥妙,长大后进入写作,才发觉这是多么地有意思,多么地神奇。这也成为我故乡写作最大的动力。我以此时的我回到童年的我,回到那时的乡村那时的生活,营建新的"旧村庄"。我喜欢看着那个稚气未脱的"我"在我面前走来晃去,神气活现地说东道西。这相当有意思。我知道他的存在,他不知道我的存在。我了解他的所思所想和要做的一切,而他以为自己处处可瞒天过海。有时看起来,他与我正是孩子和成人的两个阵营,其实我与他一直是合体的,只是他不知道而已。之于他,我如神一般存在,而真实的情况是,在我这儿,他才是如神一般的存在。

有关我的故乡写作,是乡愁的喷涌吗?是!是翻晒陈年旧事吗?是!是所谓的对抗性写作吗?是!所有的是,似乎是成立的,其实都是否定的。我在写过去,但写的是现在。我们终究是无法写过去的,我们能做的只是把现在安放于过去之中,打着写过去的名义写现在。更何况,所谓的"当下"只是瞬间,无从把握的瞬间。当我们意识到"当下"时,"当下"已经成为过去。当我们写下此刻时,此刻已经成为往日的一分子。

不要纠结故乡写作是否具有现时性,不要争辩什么是过去、现在和未来。我们脚下的土地,无论怎么变化,本质上还是亿万年前的。那新鲜的阳光和即时写实性的天空,也是"过去时"。一切都是当下的,一切(包括未来)都将会成为过去。仅此而已。

凡事总会因时因势而变,写作也是如此。这些小说是我有关故乡有关乡村的最初写作,多半带着孩子的视角和口吻,还有我那已经逝去的心境。这里的"最初"更多是指向我书写故乡的姿态和情愫,以最为本真的方式展开的某种乡村叙事。小说中的"我"会长大,我终究会写故乡以外的地方,然而,无论写什么地方,其内核又总有故乡存在。这是我作为写作者的宿命。或许,还隐含更多的启示或寓意。

我还是喜欢立于故乡村口的那桥上,风静水止是流动的另一种形态。我的无言,是与故乡与现实最朗声的对话。真正沉默的,是沉默以外的所有。村里走来的一老一少过桥时,一左一右从我身边走过。有一个瞬间,我们三人成一排,彼此的距离刚好能容下一人。而落在桥上的影子,则是一体的,无一丝缝隙。

北　乔

2022 年 9 月 22 日于京北阳光草堂

附录　刊发索引

金色裸女	《小说林》2002 年第 3 期
打把杀人的刀	《佛山文艺》2005 年第 3 期
大宅院外的蝴蝶	《鸭绿江》2005 年第 3 期
香稻	《雨花》2006 年第 10 期
桥头有条狗	《辽河》2006 年第 12 期
和鳗鱼有关或无关的故事	《翠苑》2007 年第 4 期
挑河	《山花》2011 年第 8 期
打架	《南飞燕》2011 年第 11 期
尖叫的河	《翠苑》2013 年第 2 期
泡在阳光里的芦苇	《清明》2021 年第 6 期
香米	《北方文学》2022 年第 2 期

图书在版编目(CIP)数据

尖叫的河/北乔著.—杭州：浙江文艺出版社,2023.2
ISBN 978-7-5339-6972-1

Ⅰ.①尖… Ⅱ.①北… Ⅲ.①短篇小说-小说集-中国-当代 Ⅳ.①I247.7

中国版本图书馆 CIP 数据核字(2022)第 165412 号

策划统筹	曹元勇
责任编辑	眭静静
文字编辑	王希铭
责任印制	吴春娟
营销编辑	耿德加　胡凤凡
数字编辑	姜梦冉　诸婧琦
装帧设计	丁威静
封面插图	丁威静

尖叫的河
北乔　著

出版发行	浙江文艺出版社
地　　址	杭州市体育场路 347 号
邮　　编	310006
电　　话	0571-85176953(总编办)
	0571-85152727(市场部)
印　　刷	上海盛通时代印刷有限公司
开　　本	889 毫米×1240 毫米　1/32
字　　数	121 千字
印　　张	7.25
插　　页	1
版　　次	2023 年 2 月第 1 版
印　　次	2023 年 2 月第 1 次印刷
书　　号	ISBN 978-7-5339-6972-1
定　　价	42.00 元

版权所有　侵权必究

一本书打开一个世界

欢迎订购、合作
订购电话：0571-85153371
服务热线：0571-85152727

KEY-可以文化

浙江文艺出版社

京东自营店

关注KEY-可以文化、浙江文艺出版社公众号，
及浙江文艺出版社京东自营店，随时获取最新图书资讯，
享受最优购书福利以及意想不到的作家惊喜